베네치아의 겨울빛

WATERMARK

베네치아의 겨울빛

조지프 브로드스키 ✦✦✦ 이경아 옮김

W a t e r m a r k

mujintree
뮤진트리

일러두기

✦ 이 책은 Joseph Brodsky의 《Watermark》(Penguin Classics, 2013)를 우리말로 옮긴
  것이다.

✦ 본문에 나오는 도서·영화의 제목은 원제목을 번역 표기하는 것을 원칙으로 하되,
  국내에 번역 출간 및 소개된 작품은 그 제목을 따랐다.

✦ 옮긴이의 주는 괄호 안에 줄표를 두어 표기했다.

로버트 모건에게

Watermark

베네치아의 겨울빛

수 없이 달이 차고 기울기 전 1달러는 870리라(유로를 사용하기 전 이탈리아 화폐 단위—옮긴이)였고 나는 서른두 살이었다. 지구는 20억 명의 영혼만큼 더 가벼웠고 내가 그 추운 12월의 어느 밤에 도착했던 역의 바는 텅 비었었다. 나는 그곳에서 내가 그 도시에서 유일하게 아는 사람이 맞이하러 나와 주기를 기다렸다. 그 사람은 좀처럼 나타나지 않았다.

　여행자라면 누구나 이런 곤경을 안다. 피곤함과 불안감이 섞인 이 상황. 시계판과 시간표를 들여다봐야 할 시간이자, 발밑의 정맥류 같은 대리석 무늬를 꼼꼼히 살필 시간이자, 추운 겨울밤 기관차의 무쇠에서 나온 쿰쿰한 냄새와 암모니아를 들이마실 시간이다. 나는 이 모든 것을 했다.

하품하는 바텐더와 계산대에서 부처처럼 꿈쩍도 안 하는 부인네를 제외하면 그곳에는 아무도 없었다. 하지만 우리는 서로에게 아무 소용이 되지 않았다. 그들의 언어로 거래할 수 있는 유일한 통화通貨인 '에스프레소'는 이미 써 버렸다. 사실 두 번이나 썼다. 또한, 나는 그 후로 여러 해 동안 '메르데 스탈레Merde Statale'와 '모비멘토 소시알레Movimento Sociale', '모르테 시큐라Morte Sicura'(각각 국가의 똥, 사회운동, 올바른 죽음이라는 뜻으로, 담배 브랜드 이름이다—옮긴이)로 대표될 것들의 첫 번째 갑을 그곳에서 샀다. 다시 말해 나의 첫 번째 MS였다. 결국 나는 짐 가방들을 들고 바를 나섰다.

누군가의 시선이 내 하얀 런던포그 코트와 짙은 갈색의 보르살리노 모자를 좇을 리 만무하지만, 만약 그랬다면 내 코트와 모자가 그리는 실루엣에서 익숙함을 느꼈을 것이다. 확실히 밤은 실루엣을 빨아들이는데 아무 어려움이 없다. 모방은 모든 여행자의 (여행규

칙) 목록에서 가장 윗자리를 차지한다고 나는 믿는다. 그 순간 내가 모방하고자 마음을 먹은 이탈리아의 풍경은, 오십 년대 흑백영화와 이것처럼 단색인 내 메티에(타고난 기술·재능을 발휘하며 하는 일이나 전문분야를 말한다. 저자의 경우 시인이므로 잉크와 종이가 흑백인 것을 말한다—옮긴이)가 뒤섞인 모습이었다. 그러므로 겨울은 나의 계절이었다. 내게 부족한 것이라곤 현지의 한량이나 카르보나리 당원(19세기 초 이탈리아에서 결성된 비밀결사대로 공화정을 지지했다—옮긴이)처럼 보이게 해줄 스카프뿐인 것 같았다. 내 생각은 그랬다. 그 점만 빼면 나는 남들의 이목을 끌지 않고 배경으로 녹아들거나, 저예산 탐정물 아니 그보다 멜로드라마일 영화의 프레임을 꽉 채운 듯한 기분에 빠져들었다.

바람이 부는 밤이었다. 내 망막이 뭔가를 포착하기도 전에 나는 지극한 행복감에 사로잡혔다. 그도 그럴 것이, 내게 있어 언제나 행복감과 동의어인 얼어붙은 해초 냄새가 내 콧구멍을 강타했기 때문이다. 누구에게는 그런 냄새가 갓 베어낸 풀이나 건초 냄새고, 누구에게는 침엽수의 뾰족한 잎과 귤 같은 크리스마스 향기일 것이다. 내게 그것은 얼어붙은 해초다—바다와 풀이 결합된 단어라는 점(근사하게도 러시아어로 해초는 물에서 자란다는 뜻의 '보도로슬리vodorosli'라고 한다) 때문이기도 하고, 단어가 품은 가벼운 부조화와 그 부조화에 내포된 비밀스러운 물밑 드라마 때문이기도 하다. 사람은 특정한 환경에서 자신을 알아본다. 그런 점에서 볼 때, 내가 기차역의 계단에서 얼어붙은 해초 냄새를 들이마시기 오래전부터 비밀스러운 드라마와 부조화는 내 전문이었다.

그 냄새에 끌리는 이유는 분명 에우제니오 몬탈레(1896~1981, 이탈리아의 시인으로 1975년에 노벨문학상을 수상했다—옮긴이)의 시에 등장하는 방황하는 세이렌(그리스 신화에 나오는 바다의 요정—옮긴이)의 고향인 발트해에서 보낸 어린 시절 때문일 것이다. 한편으로는 그런 짐작에 의문이 든다. 무엇보다 그곳에서 보낸 어린 시절은 그다지 행복하지 않았다(무릇 어린 시절이란 오히려 자기혐오와 불안이 점철된 시기로, 좀처럼 행복하지 않다). 그리고 발트해에 관해서라면, 내가 살던 곳을 빠져나가려면 뱀장어 정도는 되어야 했다. 어쨌든 향수를 불러일으키는 대상으로서 내 어린 시절은 기준미달이다. 이 감정의 근원은 내가 살아온 범위를 넘어서고, 인간의 유전적 구성을 벗어난 어딘가 다른 곳에 있는 것 같다—그곳은 사람의 시상하부 어딘가로, 우리의 척삭동물(발생 시에 척추의 기초가 되는 척삭이 만들어지는 동물—옮긴이) 조상이 태어난 계界, 이를테면 이 문명이 비롯된 바로 그 물고기에 대한 인상이 간직된 곳이다. 그 물고기가 행복했는지 어땠는지는 또 다른 문제다.

결국 냄새란 산소균형의 파괴, 그 균형에 다른 원소들이 침입한 결과다—그것이 메탄이건, 탄소건, 황이건, 질소건 말이다. 그 침입의 강도에 따라 우리는 향기나 냄새나 악취라고 인지한다. 그것은 분자 수준에서 벌어지는 일이다. 따라서 행복은 당신을 구성하는 원소들이 자유로운 상태에 있을 때, 당신이 그것들과 마주친 순간의 감정일 것이다. 이 세상에는 절대적인 자유 상태에 있는 원소들이 무궁무진하다. 그 순간 나는 차가운 밤공기로 그린 자화상 속으로 발을 들인 것 같았다.

배경은 온통 성당의 둥근 지붕과 건물 옥상의 시커먼 실루엣으로 채워져 있었다. 검은 곡선을 그리는 물길 위로 다리 하나가 아치처럼 걸려 있고 그것의 양 끝은 영원 속에 잠겨 있었다. 외국에서 맞이하는 밤에 영원은 마지막 가로등에서부터 시작된다. 그리고 이곳에서 그 가로등은 이십 미터 떨어져 있다. 주위는 무척 고요했다. 흐릿하게 조명을 밝힌 보트 몇 척이 검은 유포油布 같은 수면에 자리를 잡으려는 커다란 '친자노'(이탈리아산 베르무트의 브랜드—옮긴이) 네온 간판의 그림자를 프로펠러로 휘저으며 간간이 지나간다. 그 그림자가 제자리를 찾기 한참 전에 고요함이 되돌아온다.

흡사 오랫동안 떠나 있었던 유명하지 않고 별 볼일 없는—아마도 자신의 고향일—지방에 도착한 것 같았다. 이런 감각은 나 자신의 익명성, 역의 계단에 서 있는 외로운 인물이라는 부조화에서 상당 부분 비롯되었다. 이런 모습은 망각의 손쉬운 표적이니 말이다. 게다가 한겨울 밤이었다. 나는 전생인 것만 같은 까마득한 과거에 러시아어로 옮겼던 움베르토 사바의 시 한 편의 첫 행이 문득 기억났다. "거친 아드리아해의 저 깊은 곳에…" 저 깊은 곳에, 저 벽지에, 거친 아드리아해의 잊힌 어느 구석에라는 생각이 들었다…. 내가 몸을 돌리기만 하면 네온과 도심지 풍의 네모난 화려함에 잠긴 역도, '베네치아'라고 적힌 블록체 글씨도 보였을 것이다. 하지만 나는 그러지 않았다. 하늘은 시골 하늘처럼 겨울의 별로 그득했다. 언제라도 저 멀리서 개 짖는 소리가 들릴 것만 같았다. 아니면 수탉이 우는 소리가 들릴 것만 같았다. 나는 눈을 꼭 감은 채, 어디든 아무래도 좋을 우주의 어느 곳에 있는 물에 젖었거나 얼음으로 뒤덮인 바위에 펼쳐져 있는 얼어붙은 해초 한 다발을 바라보았다. 내가 그 바위라면 내 왼쪽 손바닥은 펼쳐진 해초 다발일 것이다. 바로 그때 정어리 통조림과 샌드위치의 혼합물 같은 크고 평평한 배 한 척이 느닷없이 나타나 쿵 하고 둔탁한 소리를 내며 역의 층계참에 정박했다. 한 줌의 승객들이 육지로 몰려오더니 나를 지나 계단을 통해 터미널로 들어갔다. 그때 나는 그 도시에서 내가 유일하게 아는 사람을 보았다. 그 사람은 한 폭의 그림 같았다.

그 사람과는 오래전 전생처럼 느껴지는 까마득한 과거에 처음 만났다. 그러니까 러시아에서 말이다. 그 사람은 슬라브 전문가, 더 정확히 말해서 마야코프스키 연구자로 그곳에 왔다. 그 점으로 보자면, 내가 속한 무리의 관점에서는 관심을 줄 만한 대상으로는 실격에 가까웠다. 실격하지 않은 부분은 그녀의 외모였다. 5피트 10인치(177.8센티미터—옮긴이)에 뼈대는 가늘고, 다리는 길고, 밤색 머리카락에 아몬드 모양의 녹갈색 눈을 하고 아름다운 모습에 눈부신 미소를 짓고 있는 입술로 그런대로 괜찮은 러시아어를 구사하며 종이처럼 가벼운 스웨이드와 그에 어울리는 실크 옷을 멋지게 차려입고 우리가 알지 못하는 최면을 거는 듯한 향이 나는 향수를 뿌린 그 사람은, 일찍이 우리의 마음을 술렁이게 만들며 우리 무리에 발을 들여놓은 여성들 가운데 가장 우아했다. 그녀는 유부남의 꿈을 촉촉하게 적시는 부류였다. 게다가 베네치아 출신이었다.

그래서 우리는 그 사람이 이탈리아 공산당원이라는 사실도, 삼십 대의 아방가르드적 얼간이였던 우리를 대하는 감상적인 태도도 모두 서구의 경박함으로 치부해 대수롭지 않게 여겼다. 차라리 그 사람이 파시스트라고 자임했다면 우리는 그 사람을 향해 욕망 정도는 불태웠을 것이다. 그녀는 눈이 번쩍 뜨일 정도로 아름다웠다. 결국 그녀가 우리 무리의 주위에서 서성거렸고 봉급을 꽤 많이 받는 아르메니아 혈통의 얼간이와 사랑에 빠졌을 때, 우리 모두의 공통된 반응은 질

투나 남자의 후회라기보다 놀라움과 분노였다. 물론 생각해보면, 민족이라는 진한 주스로 더럽혀진 섬세한 레이스 작품에 화를 내봐야 소용이 없었다. 그래도 우리는 분노했다. 왜냐면 그것은 실망을 뛰어넘는 것이었기 때문이다. 그것은 직물의 배신이었다.

그 시절 우리는 스타일과 실체를, 아름다움과 지성을 동일시했다. 결국 우리는 책벌레 무리였고, 여전히 문학을 믿으면, 모든 사람이 당신의 신념과 취향을 공유하거나 공유해야만 한다고 생각하게 되는 나이였다. 그래서 누군가 우아해 보이면, 그이도 우리와 같은 부류라고 생각한다. 외부 세상, 특히 서구의 세례를 받지 못한 우리는 스타일을 도매로 사들일 수 있고 아름다움이 상품이 될 수 있다는 사실을 아직 몰랐다. 그래서 우리는 그 사람을 우리의 이상과 원칙의 물리적 연장이자 화신으로 여겼으며 그녀가 입고 있는 것은 속이 비치는 것까지 포함해서 모두 문명이라고 생각했다.

그 동일시는 너무 강했고 그 사람은 너무 아름다웠

기에, 이제는 오랜 세월이 흘러 나이가 들고 어쩌다 조국이 아닌 나라에 살게 되었으면서도 나는 자신도 모르게 옛날 분위기로 돌아가기 시작했다. 사람으로 붐비는 바포레토(수상 버스—옮긴이)의 갑판에서 그녀의 뉴트리아 모피 코트에 몸을 붙이고 서서 내가 처음 물어본 질문은 최근에 출간된 에우제니오 몬탈레의 시집 《모테트》에 대한 감상이었다. 그녀의 녹갈색 동공의 가장자리에서 반짝하는 눈빛에 반사되고 머리 위로 산산이 흩뿌려진 은하수의 은빛에 증폭된, 서른두 알 진주 목걸이의 낯익은 반짝임이 내가 받은 대답의 다였지만, 그것만으로도 충분했다. 문명의 중심지에서 그곳의 최근의 소식을 묻다니 그것은 어쩌면 동음반복이었다. 그 작가가 베네치아 출신이 아니었으므로 (몬탈레는 제노바 출신이다—옮긴이) 내가 그저 무례를 범하고 있었던 건지도 몰랐다.

배가 밤을 가르며 천천히 앞으로 나아가는 것은 잠재의식을 통해 흘러가는 일관된 생각과 같다. 양쪽으로, 무릎 깊이의 칠흑 같은 물에 불가해한 보물—덧문에 난 틈에서 간간이 새어 나오는 저강도의 노란색 전기불빛으로 보면 대부분 금金일 듯한—로 가득한 시커먼 궁전들의 거대한 조각된 궤들이 서 있었다. 전반적인 느낌은 신화에서 튀어나온 것 같은데, 더 정확히 말하자면 키클롭스(그리스 로마 신화에 등장하는 외눈박이 괴물—옮긴이) 같았다. 마치 역의 계단에 서서 보았던 무한함 속으로 들어가, 시커먼 물에 비스듬히 누워 간간이 눈꺼풀을 떴다가 감으며 동면 중인 키클롭스 무리를 따라, 그곳의 주민들 사이를 움직이는 것 같았다.

뉴트리아 가죽을 걸친 내 옆의 그 사람이 살짝 소리를 죽인 목소리로 우리는 지금 그녀가 나를 위해 방을 예약해 놓은 호텔로 가고 있으며, 어쩌면 우리가 다음 날 혹은 그다음 날에 다시 만날 것이며, 자신의 남편과 자매를 소개해주고 싶다는 이야기를 했다. 나는 소리 죽인 그녀의 목소리가 메시지를 전달하는 것보다는 밤에 더 어울린다고 생각했지만 그래도 좋았다. 그리고 나 역시 똑같이 음모를 꾸미는 듯한 어조로 가족이 될 가능성이 있는 사람들을 만나는 일은 언제나 즐겁다고 대답했다. 그 순간 내 말이 좀 심했지만, 그녀는 똑같이 소리를 죽이듯 갈색 가죽장갑을 낀 손을 입에 대며 웃었다. 대부분 짙은 색 머리에 빽빽하게 들어차 우리를 꼭 붙어 서게 만든 주위의 승객들은 미동도 하지 않았고 어쩌다 서로 이야기를 할 때도 똑같이 목소리를 죽였다. 자신들이 주고받는 대화도 매우 친밀한 내용이라는 듯 말이다. 그때 하늘이 순간적으로 다리라는 거대한 대리석 괄호로 가려졌고 다음 순간 느닷없이 모든 것이 빛으로 넘쳐났다. "리알토예요." 그녀가 평소의 목소리로 말했다.

물 위로 가는 여행은 비록 짧은 거리라 해도 태고의 분위기가 난다. 우리가 그곳에 오래 있으면

23

안 되는 사실은 눈이나 귀, 코, 입, 손바닥이 아니라 발이 알려주는데, 그 발은 감각기관으로서 이상한 움직임을 감지할 것이다. 물은 수평의 원칙을 불안정하게 흔든다. 특히 수면이 포장도로를 닮은 밤에는 더욱 그러하다. 발로 디디고 선 물질—갑판—이 아무리 단단해도, 수면 위에 있으면 해안가에서보다 좀 더 긴장하게 되고, 감각기관은 좀 더 정신을 바짝 차린다. 이를테면, 물 위에서는 길거리에서처럼 멍하니 있을 수 없다. 당신의 두 다리는 당신을 계속 지탱하고, 분별력은 당신의 몸이 나침반이라도 된 것처럼 끊임없이 평형을 확인한다. 물 위를 여행하는 동안 당신의 분별력을 벼리는 것은 저 멀리 에둘러 울리는 먼 과거 척삭동물의 메아리다. 어쨌든 물 위에서는 타인에 대한 당신의 감각도 날카로워진다. 흡사 상호 간의 위험만 아니라 공동의 위험에 의해 고조되는 것처럼 말이다. 방향감각의 상실은 항해의 범주의 문제이면서 심리적 범주의 문제이기도 하다. 어느 쪽이든 그 후로 십 분 동안 우리는 한 방향으로 움직이고 있었으나 그 도시에서 내가 유일하게 아는 사람과 내가 서 있는 곳 사이의 각도는 적어도 45도까지 벌어졌다. 그것은 아마 카날 그란데(베네치아에 있는 운하─옮긴이)에서 우리가 지나가는 부분이 더 잘 밝혀져 있던 덕일 것이다.

우리는 확고한 지형과 그에 상응하는 도덕률의 포로인 아카데미아 선착장에서 하선했다. 구불거리며 이어진 좁은 길을 잠시 걸은 후 나는 어느 정도 속세와 격리된 느낌이 나는 펜시오네의 로비에 도착해─용맹한 영웅이라기보다 미노타우로스가 된 느낌으로─볼에 입을 맞추며 밤 인사를 건넸다. 그러자 나의 아리아드네는 고가의 향수('샬리마Shalimar'였을까?)로 만든 향기로운 실을 길게 늘어뜨린 채 사라졌다. 물론 그 향기의 실은 희미하지만 어디서나 나는 오줌 지린내가 퍼져 있는 펜시오네의 퀴퀴한 공기 속으로 재빨리 사라졌다. 나는 잠시 가구를 물끄러미 바라보았다. 그런 후에 눈을 붙였다.

이렇게 나는 이 도시에 처음 발을 디뎠다. 나중에 알게 되었지만, 이 도시에 도착했을 때의 상황은 특별히 상서롭거나 불길하지 않았다. 그날 밤이 뭔가의 징조였다면 그건 내가 이 도시를 결코 소유할 수 없다는 예언이었으리라. 하지만 그때 나는 그런 열망은 전혀 없었다. 이제부터 들려줄 이야기는 다음과 같은 일화로 시작하는 것이 적당할 것이다. 물론 '이 도시에서 내가 유일하게 아는 사람'의 입장에서는 이 일화가 우리 교류에 종지부를 찍은 사건이었을 테지만 말이다. 그 후 베네치아에 머무르는 동안 나는 그 사람을 두세 번가량 더 만났다. 물론 자매와 남편도 소개받았다. 그 사람의 자매는 만나보니 사랑스러운 여인이었다. 나의 아리아드네만큼 키가 크고 날씬하고 심지어 더 화사하지만 좀 더 멜랑콜리했으며 심지어 훨씬 더 유부녀 같았다. 그녀의 남편은 비슷한 얼굴을 반복적으로 본 탓에 내 기억에 좀처럼 남지 않는 외모의 소유자로, 유럽의 마천루에 독일공군보다 더 큰 해를 입혔던 전후의 무시무시한 신념을 소유한 쓰레기 같은

26

건축가였다. 베네치아에서 그는 두 곳의 근사한 광장을 자신의 건축물로 더럽혔는데, 그중 하나는 당연히 은행이었다. 왜냐면 이렇게 인간의 탈을 쓴 짐승은 전적으로 자기애적인 열정으로, 그 열정의 원인에 영향을 미치고 싶은 열망으로 은행을 사랑하기 때문이다. 그러한 '구조물'(요즘은 이렇게 부르는 모양이다)만으로도 그자는 오쟁이 진 남자가 되어야 마땅하다고 나는 생각했다. 하지만 아내처럼 그도 공산당원인 듯 보이니, 그 일은 동지들에게 맡겨두는 편이 최선이라고 결론지었다.

교류가 끊어진 것은 결벽증적인 성격 때문이었다. 다른 한편으로는, 얼마 후 어느 우울한 밤 미궁의 깊숙한 곳으로부터 '그 도시에서 내가 유일하게 아는 사람'에게 전화를 걸었을 때 그 건축가가 나의 엉터리 이탈리아어에서 뭔가 꺼림칙한 것을 감지하고는 실을 끊어버렸기 때문이기도 하다. 그러므로 정말 그 일은 붉은 아르메니아 동지들의 책임이 되었다.

훗날 그 사람이 건축가와 이혼을 하고 미 공군 조종사와 재혼을 했다는 이야기를 들었다. 알고 보니 그 조종사는 내가 잠시 살았던 적 있는, 미시간 주 어느 소도시 시장의 조카였다. 세상 참 좁다. 살면 살수록 어떤 남자도, 어떤 여자도 그 세상을 좀 더 넓게 키워주지 않더라. 그러므로 내가 위안을 찾아다니는 중이었다면, 우리가 대륙은 다르지만 같은 대지를 밟고 있다는 생각에서 그 위안을 얻었을 것이다. 물론 이 말은 베르길리우스(고대 로마의 시인으로 〈아이네이스〉를 썼다—옮긴이)에게 말을 거는 스타티우스(단테의 《신곡》에서 스타티우스는 연옥에서 500년간 지내다가 생전에 흠모했고 영향을 많이 받았던 시인 베르길리우스를 만나 이야기를 나눈다—옮긴이)를 떠올리게 하지만, 나 같은 범부에게는 아메리카를 일종의 연옥으로 간주하는 것이 적절하다—분명 단테도 그렇게 암시했을 것은 말할 것도 없다. 단지 차이가 있다면 그녀의 천국은 나의 천국보다 훨씬 더 살기 좋은 곳이라는 점뿐이다. 바로 여기서 내가 생각하는 낙원으로의 여행이 시작되었고 그 낙원으로 그

28

사람은 나를 너무나도 우아하게 인도해 주었다. 어쨌든 지난 17년 동안 나는 악몽을 꾸는 빈도만큼 이 도시로 되돌아오거나 이 도시에서 되살아났다.

나나 다른 사람의 심장마비와 그에 관련된 위급상황 탓에 두세 번의 예외는 있었지만, 매년 크리스마스나 그 직전에 나는 기차/비행기/배/버스에서 내려 여러 권의 책과 타자기들로 무거운 내 짐 가방들을 끌고 이 호텔이나 저 호텔, 이 아파트나 저 아파트의 문턱을 넘어 들어갔다. 아파트의 경우, 대개는 그 사람과의 관계가 소원해진 후 이곳에서 사귀게 된 친구들 한두 명의 호의에 힘입은 덕분이었다. 훗날 나는 이 도시를 방문하는 시기를 정하게 된 경위를 설명해 볼 작정이다 (그런 시도는 의도가 정반대로 될 정도로 동의반복으로 그치겠지만). 당분간은 이렇게 주장하고 싶다. 내가 북구 출신이라고 해도, 낙원에 대한 내 생각은 기후나 기온과는 아무 상관이 없다고. 게다가 나는 그 낙원에 거주자들도, 영원도 없다고 생각하는 편이 더 좋다. 타락에 대한 비난을 불러일으킬 수도 있겠지만, 이런 생각은 순

전히 시각적이며 신조creed보다 클로드Claude(인상주의
화가인 클로드 모네를 말하는 듯하다―옮긴이)와 더 관계가 있
다. 그러므로 이런 낙원은 오로지 근사치로만 존재한
다. 그런 점에서 내가 생각하는 낙원에는 이 도시가 가
장 근접하다. 나는 다른 곳과 제대로 비교해 볼 자격이
없으므로 이곳으로만 한정할 것이다.

　이 말을 지금 이 자리에서 하는 것은 독자를 환멸로
부터 구해주기 위해서이다. 나는 도덕적인 사람이나
현자가 아니다(물론 양심의 균형을 유지하고자 늘 노력하기는
한다). 물론 탐미주의자도 철학자도 아니다. 나는 상황
과 스스로의 행동에 따라 불안초조해하는 남자일 뿐이
지만 관찰력이 좋다. 내가 좋아하는 작가 아쿠타가와
류노스케가 일찍이 말했다시피, 나는 원칙이 없다. 내
가 가진 것은 신경뿐이다. 그러므로 앞으로 이어질 이
야기는 서사를 풀어가는 방식에 관한 신조를 비롯해
여러 신조를 따르기보다 시각에 더 의존할 것이다. 사
람의 눈은 펜보다 앞선다. 그래서 나는 내 펜에게 그의
입장에 대해 거짓말하게 하지 않을 작정이다. 비난을

들을 위험을 감수하더라도 나는 피상적인 것에 개의치 않을 것이다. 표면—눈이 제일 먼저 인식하는 것—은 종종 속에 든 내용물보다 더 많은 이야기를 들려준다. 내세가 아니라면, 그 내용물이라는 것도 당연히 덧없을 뿐이다. 열일곱 번의 겨울 동안 이 도시의 얼굴을 지켜보았으니 지금쯤 나는 푸생이 그린 풍경화처럼 믿을 만한 작품 하나는 완성할 수 있을 것이다. 이 도시의 사계절 풍경은 아니라도, 겨울철 하루에 네 번 볼 수 있는 이 도시의 얼굴을 비슷하게나마 그리는 것 말이다.

그것이 나의 야망이다. 내가 곁길로 샌다면 그것은 곁길로 새는 것이 말 그대로 배가 그 길로 가기 때문이며 물에 메아리치기 때문이다. 다시 말해서 앞에 놓인 것은 결국 이야기가 아니라 '한 해의 비수기에' 탁하게 흘러가는 물줄기가 될 것이다. 때때로 그 물줄기는 푸르게 보이지만, 때로는 회색이나 갈색으로 보인다. 물색이 어떻든 물은 차갑고 마실 수 없다. 내가 굳이 그 물에 대해 기록하려는 이유는, 그 물이 다양한 반영을 품고 있으며, 그 가운데 내 것도 있기 때문이다.

본질적으로 무생물인 호텔의 거울들은 너무나 많은 것을 보다 보니 점점 뿌예진다. 그 거울들이 당신에게 돌려주는 것은 정체성이 아니라 익명성이다. 특히 이 도시에서의 익명성. 왜냐면 이곳에서 당신 자신이야말로 당신이 전혀 보고 싶지 않은 대상이기 때문이다. 이곳에 처음 머물렀을 때 나는 종종 옷을 입었든 벗었든 활짝 열린 옷장의 거울에 비친 내 몸을 얼핏 볼 때마다 깜짝 놀라곤 했다. 얼마 후 나는 이 도시가 품고 있는 낙원이나 내세와 같은 효과가 자기인식에 미치는 영향을 생각해보게 되었다. 생각의 흐름을 따라가다 어디에선가는 과도한 잉여 즉, 이 도시를 흡수하는 신체를 흡수하는 거울 이론을 발전시키기도 했다. 최종 결론은 명백히 상호 부정이다. 반영이 반영을 좋아할 리 없다. 이 도시는 너무나 자아도취에 빠져 있어서 당신의 정신에서 깊이를 빼버리고 아말감(저자는 이 책에서 종종 거울mirror 대신 아말감이라는 단어를 사용한다—옮긴이)으로 만들어버릴 정도다. 이 도시의 호텔과 펜시오네들도 당신의 지갑에 비슷한 영향을 미치며 그

것이 매우 적절하다고 느낀다. 이 주 동안─심지어 비성수기 요율로─머물고 나면 당신은 불교의 승려처럼 빈털터리가 되고 자아를 상실하게 될 것이다. 어떤 나이와 어떤 종류의 일에서는 자아없음이 필수는 아니지만 환영받는다.

요즘은 이런 일이 불가능하다. 왜냐면 영악한 악마들이 겨울에는 작은 호텔과 펜시오네의 삼분의 이를 닫아버리기 때문이다. 그래서 남아 있는 삼분의 일이 우리를 움찔하게 할 만한 여름의 요율대로 일 년 내내 장사를 한다. 운이 좋다면 아파트를 구할 수도 있다. 당연하게도 그 아파트에는 그림과 의자, 커튼에 깃든 주인의 취향이 따라온다. 욕실 거울에 비친 당신의 얼굴에서 희미하게 느껴지는 불법의 감각─짧게 말해서 정확하게 당신이 없애고 싶은 것이 따라온다. 당신 자신 말이다. 여전히 겨울은 추상적인 계절이다. 겨울은 색채가 칙칙하고 이탈리아에서조차 춥고 해가 짧다. 이런 조건들은 저녁 시간에 당신의 이목구비를 볼 때나 쓸모가 있을 전구보다 더 치열하게 눈을 바깥으로 향하게 만든다. 이 계절이 당신의 신경을 늘 가라앉히지는 않는다고 해도, 그 신경보다 당신의 본능을 더 중요하게 여기는 것은 변함이 없다. 저온에서 드러나는 아름다움이 '진짜' 아름다움이다.

어쨌든 나는 누가 총으로 위협한다 해도 여름에는 이 도시를 찾을 생각이 없다. 나는 더위에 몹시 약하다. 뿜어져 나오는 지독한 배기가스며 겨드랑이 사정은 더욱 참담하다. 짧은 옷을 입은 무리들도 내 신경을 긁어댄다. 특히 독일어로 징징거리는 부류들이 심하다. 주위의 기둥들과 붙임기둥들, 입상들의 구조에 비해 인간—누가 되었든—은 해부학적으로 열등하기 때문이다. 또한 그들의 기동성—과 그것을 가능하게 하는 모든 것들—이 대리석의 정체성에 대조되기 때문이다. 나는 흐름보다 멈춰있음을 더 선호하는 부류에 속한다. 그리고 돌은 항상 멈춰있다. 아무리 해부학적으로 잘 타고났다고 해도, 이 도시에 오면 몸을 옷으로 가려야 한다. 도시를 계속 돌아다닐 작정이라면 말이다. 옷은 어쩌면 대리석이 한 선택과 유일하게 비슷한 것인지도 모른다.

이런 견해가 극단적일 수도 있다. 하지만 나는 북구인이다. 이 추상적인 계절에는 심지어 아드리아해에서조차 삶이 다른 계절에 비해 더 생생해 보인다. 겨울에는 만물이 더 거칠고 더 황량하기 때문이다. 그게 아니라면 이런 주장을 베네치아 부티크들을 위한 선전으로 생각하라. 그 부티크들은 겨울에 극도로 활기를 띠니 말이다. 물론 그것은 살을 가리려는 인간 본연의 본능 때문이기도 하지만 겨울에 따뜻하게 지내기 위해 사람들이 옷을 더 필요로 하기 때문이기도 하다. 하지만 스웨터나 재킷, 치마, 셔츠, 바지, 블라우스를 여분으로 챙기지 않고 이 도시로 오는 여행객은 아무도 없다. 베네치아는 이방인이든 현지인이든 남들의 시선에 노출될 운명이라는 사실을 아는 도시이기 때문이다.

그리하여 두 발로 걷는 동물은 엄밀히 말해 실용적

이 아닌 이유로 쇼핑을 하고 옷을 갈아입으며 미쳐 날뛴다. 그들이 그러는 것은, 사실 이 도시가 부추기기 때문이다. 우리는 자신의 외모나 몸의 결점에 대해, 자신의 생김새가 완벽하지 못한 것에 대해 일말의 불안을 품고 산다. 그런데 이 도시에 오면 한 걸음씩 내딛고, 돌아서고, 멀리 보고, 막다른 골목에서 보는 모든 것이 우리의 콤플렉스와 불안을 더욱 부채질한다. 그래서 사람들—여자가 특히 그렇지만 남자도 마찬가지다—은 이곳에 도착하자마자 복수심을 불태우며 가게를 습격한다. 주위를 에워싼 아름다움을 보면 그것에 어울리는 사람이 되고 싶고 뒤떨어지고 싶지 않은 비논리적인 동물적 욕망을 바로 느낄 정도다. 이런 감정은 허영심이나 이곳에 거울이 자연적으로 풍부한 것과는 관계가 없다. 바로 물이야말로 이곳의 가장 주된 거울 아닌가. 이런 욕망은 이 도시가 두 발 동물들이 사는 집과 그들의 일상적인 환경에서는 접할 수 없는 시각적인 우수성을 보여주기 때문에 발생한다. 그런 이유로 이곳에서는 스웨이드와 실크, 린넨, 울을 비롯한 모든 종류의 직물은 물론 모피가 날개 돋친 듯 팔린다. 집으로 돌아가면 사람들은 자신이 사들인 물건들을 황망한 눈길로 바라보는데, 자신이 사는 곳에서는 그 옷들을 걸치고 과시해봐야 물의만 빚을 것임을 아주 잘 알기 때문이다. 결국 그 옷들을 빛이 바래고 낡아가도록 옷장에 처박아 두거나 더 젊은 친척들에게 줘야 한다. 아니면 친구들에게 주던가. 내 경우에도, 후에 제대로 사용할 배짱도 마음도 없으면서 베네치아에서 사들인—분명히 신용카드로—몇 가지 물건들이 있다. 그중에 레인코트 두 벌이 있었는데, 한 벌은 겨자색이고 다른 한 벌은 은은한 카키색이었다. 후에 이 레인코트들은 세계 최고의 발레리노와 내가 이 글을 쓰고 있는 언어권에서 최고인 시인의 어깨를 근사하게 장식해 주었다—체격과 나이가 나와 확연히 차이나는 신사들이었는데도 말이다. 이런 충동구매를 부추기는 것은 현지의 경치와 멀리 보이는 풍경들이다. 왜냐면 이 도시에서 사람은 타고난 생김새보다 실루엣에 가깝기 때문이다. 실루엣이라면 개선할 수 있다. 또한 대리석 레이스들과 상감 장식들, 기둥머리들, 천장돌림띠들, 돋을새김들, 소조물들, 사람이 살거나 살지 않는 틈새들, 성인들, 성인 직위를 박탈당한 자들, 처녀들, 천사들, 케루빔(사랑스러운 아기천사를 가리키는 말—옮긴이)들, 여인상 기둥들, 박공벽들, 종아리를 차올리며 떠들썩하게 노는 이들이 넘치는 발코니들, 고딕 양식이나 무어 양식의 창문들이 당신을 허영에 취하게 한다. 왜냐면 이곳은 시각의 도시이기 때문이다. 당신의 다른 감각들은 들릴락 말락 하는 제2바이올린을 연주할 뿐이다. 베네치아에 세워진 건물들의 색조와 리듬이 색깔과 패턴을 끊임없이 바꾸는 파도들을 잔잔하게 가라앉히는 모습만으로도 당신은 화려한 스카프며 넥타이며 온갖 것을 움켜쥐게 될 것이다. 그뿐만 아니라 대책 없는 독신남조차 라구나(이탈리아어로 석호를 뜻하는 말—옮긴이)에 떠 있는 온갖 종류의 배처럼 진열대에 놓여 있는 에나멜 구두와 스웨이드 부츠는 말할 것이 없고 잡다하게 차려놓은 옷들로 넘쳐나는 쇼윈도에서 얼굴을 떼지 못하게 될 것이다. 어느 순간 당신의 눈은 이 모든 것들이 바깥의 풍경을 재단해 만든 것일지도 모른다고 생각하며 상품에 붙어있는 라벨이라는 증거를 못 본 척한다. 따지고 보면 눈이 그리 틀린 것도 아니다. 이곳에 존재하는 모든 것의 공통적인 목적은 '보이는' 것이기 때문이다. 그런 점에서 이 도시는 척삭동물의 진정한 승리이다. 우리의 신체에서 유일하게 날 것이고 생선을 닮은 내부 기관인 눈이 베네치아에서는 말 그대로 헤엄을 치니 말이다. 눈은 쏜살같이 달려가고, 펄럭거리고, 진동하고, 뛰어들고, 굴러간다. 드러난 눈의 망막은 인간 본연의 기쁨을 지닌 채 반사된 궁궐과 뾰족한 구두 굽, 곤돌라 등에 살며, 그 반영들을 실존하는 표면 그 자체로 끌고 나온 물에서 자기 자신을 알아본다.

겨울의 베네치아에서는 특히 일요일이면 헤아릴 수 없는 종소리에 눈을 뜨게 된다. 흡사 면 커튼 뒤 진주빛 영롱한 회색 하늘에 뜬 은쟁반 위에서 거대한 도자기 티세트가 진동을 하는 것 같다. 창문을 활짝 열어젖히면 한편은 축축한 산소이고 한편은 커피 향기와 기도 소리인, 진주가 가득 맺힌 듯한 실안개가 바깥에서 곧장 밀려 들어온다. 어떤 종류의 약을 몇 알이나 아침에 삼켜야 한다 해도, 당신은 그것들이 여전히 당신을 위해 남아 있는 것 같은 기분이 들 것이다. 마찬가지로 당신이 아무리 주체적이고, 몇 번이고 배신을 당해봤고, 자신을 아무리 속속들이 알고 기가 팍 꺾였다고 해도, 당신은 여전히 희망이나 적어도 미래가 있다고 여긴다. (프랜시스 베이컨이 말하기를, 희망은 좋은 아침이지만 형편없는 저녁이다.) 이런 낙관주의는 그 실안개에서 나온다. 특히 아침 시간이라면 실안개의 일부인 기도 소리에서 기인한다. 이런 날 베네치아를 보면, 아연으로 뒤덮인 둥근 지붕들은 찻주전자나 뒤집어 놓은 컵을 닮았고 비스듬한 종루의 옆모습을 보면 버려진 숟가락처럼 쨍그랑 소리를 낸 후 하늘로 녹아 없어진다는 점에서 도자기와 같은 면모를 지니고 있다. 이제야 점점 한 점으로 모여들다가 허공으로 흩어지는 갈매기들과 비둘기들은 말할 것도 없다. 베네치아가 밀월여행지로 안성맞춤이라고 말해야겠지만, 나는 이혼을 위해 와야 하는 도시라고 종종 생각했다—이혼 절차가 진행 중인 커플도 이미 끝난 커플도 다 말이다. 점점 희미해지는 황홀감을 느낄 배경으로 이만한 데가 없다. 수정 같은 물 결에 들어선 이 도자기 위에서는 옳든 그르든 어떤 에고이스트도 오랫동안 주역을 맡을 수 없다. 왜냐하면 그것이 쇼의 주인공 자리를 꿰차기 때문이다. 물론 나는 위에서 말한 제안이 이 도시의 호텔 요금에 심지어 겨울에도 재앙 같은 결과를 몰고 올 수 있다는 사실을 안다. 그럼에도 사람들은 건축보다 자신의 멜로드라마를 더 사랑하고, 나는 그럴 수도 있다고 생각한다. 아름다움의 가치가 심리학보다 평가절하된다는 게 놀랍긴 하지만 그것이 사실인 한, 나는 이 도시를 누릴 수 있을 것이다—그 말은 내 생이 끝나는 날까지라는 뜻이며, 그것이 미래에 대해 낙관적인 생각을 갖게 한다.

사람은 자신이 보는 대상이 된다—음, 적어도 부분적으로는 그렇다. 임신한 여자가 예쁜 아이를 낳고 싶으면 아름다운 물건들을 바라보아야 한다는 중세의 믿음은 이 도시에서 사람들이 꾸는 꿈의 질을 고려해 볼 때 그렇게 허무맹랑한 이야기만도 아니다. 이곳의 밤에는 악몽이 거의 없다—물론 문학적 자료들을 근거로 판단할 때 그러하다(악몽이 그런 자료의 주제이기 때문이다). 가령 아픈 사람—특히 심장이 고장 난—이 있다고 하자. 그 사람은 어디를 가든 자신이 죽어간다는 생각에 극심한 공포에 휩싸여 때때로 새벽 세 시에 잠에서 깬다. 그러나 실토하건대, 이곳에서 나는 한 번도 그런 일을 겪지 않았다. 이 글을 쓰면서 손가락에 발가락까지 꼬아가며 행운을 빌고 있지만.

아름다운 것을 굳이 보지 않더라도, 꿈을 조작하는 더 나은 방법들이 분명히 있을 것이다. 진미를 맛있게 먹는다면 그런 가정을 증명할 수 있을지 모른다. 그러나 이탈리아의 기준으로 보자면 베네치아의 음식은 이 도시의 건물마다 볼 수 있는 꿈결 같은 아름다움을 설명할 이유가 될 만큼 훌륭하지 않다. 그러니 시인이 말했듯이 꿈속에서 그 아름다움이 시작된다고 볼 수밖에 없다. 어쨌든 어떤 청사진—이 도시에 적절한 용어다!—은 확실히 꿈에서 튀어나왔다. 현실에서 그 기원을 찾아볼 만한 것이 없기 때문이다.

만약 시인이 (꿈속이 아니라) 단순히 '침대에서'라고 말하려고 했다 해도, 결과는 마찬가지다. 건물과 그 건물의 외관을 결정하는 사각형 원칙이—여성스럽다기보다!—구름이나 파도를 닮은 천장돌림띠며 로지아 같은 것들에 대한 당신의 분석적 해석에—때로는 매섭게—방해가 되는 것을 보면, 건축은 뮤즈들 가운데 육욕이 가장 미미한 뮤즈의 사랑을 받는 것이 확실하다. 거두절미하고 청사진은 언제나 그것을 분석한 내용보다 더 명쾌하다. 그럼에도 이곳의 수많은 프론토네(주로 삼각형 모양의 건물 장식—옮긴이)를 보면 당신은 아침이든 밤이든 습관적으로 정돈되어 있지 않은 침대 위에 있는 헤드보드가 떠오를 것이다. 그리고 이 헤드보드들이 그 침대에 있을 법한 내용물들, 다시 말해 그 침대에 함께 있으면 경쾌하거나 따뜻해서 좋은 애인의 몸보다 훨씬 더 당신을 끌어당긴다.

만약 그 청사진의 대리석 결과물들에 에로틱한 점이 있다면, 그 건물들로 훈련된 눈이 일으킨 감각일 것이다─처음으로 연인의 가슴이나 그보다 더 좋은 어깨를 만지는 손끝에서 느껴지는 감각과 비슷하다. 그 감각은 타인의 몸이라는 존재를 구성하는 세포적 무한함과 접촉하는 데서 오는, 망원경으로 보는 듯한─부드러움이라고 부르며 아마도 신체에 있는 세포의 수에 비례하는─감각이다. (누구나 이 감각을 이해할 것이다. 예외가 있다면 프로이트 학파나 베일을 믿는 무슬림들일 수 있다. 그렇다면 무슬림들 사이에 천문학자가 그렇게 많은 것도 설명이 된다. 게다가 베일은 위대한 사회계획의 도구인데, 그것은 여자로 하여금 외모와 상관없이 짝을 얻을 수 있게 하기 때문이다. 최악 중의 최악의 상황에서도 베일은 첫날밤의 충격이 적어도 쌍방의 문제가 되도록 보장한다. 아무튼, 베네치아의 건축물에 포함된 동양적 모티프들 때문에 이 도시를 가장 덜 찾는 방문객들이 바로 무슬림들이다.) 어떤 경우든, 무엇─현실이든 꿈이든─

이 먼저건 이 도시가 품고 있는 내세의 이미지는 이곳의 낙원과 같은 풍광에 영향을 많이 받은 것 같다. 병이 아무리 위중하다고 해도, 병만으로는 이 도시에서 지옥의 환영을 볼 수 없을 것이다. 당신이 이 도시에서 악몽의 먹이가 되려면, 당신은 특수한 신경증이 있거나 그에 비견할 죄악을 거듭 지었거나 아니면 둘 다여야 한다. 그런 것도 가능하겠지만 물론 그리 잦은 일은 아니다. 어느 쪽이건 경미한 경우라면, 이곳에서 지내는 것이 최고의 치료법이다. 그리고 그것이 이곳의 관광이 존재하는 이유다. 이 도시에서는 누구나 깊이 잠든다. 발이 너무 피로해서 흥분한 정신이나 죄지은 양심은 그냥 가라앉기 때문이다.

어쩌면 전지전능한 신의 존재에 대한 최고의 증거는 인간은 자신이 언제 죽을지 모른다는 사실일 것이다. 다시 말해서 삶이 오로지 인간의 일이라면, 인간은 이곳에 존재할 기간을 정확하게 정해주는 조건이나 선고를 태어날 때 받아야 한다. 교도소에서 행해지는 방식처럼 말이다. 그런 일이 일어나지 않으니 그 문제가 온전히 인간의 것이 아니라고, 우리로선 뭔지 알 수도 없고 간섭할 통제력도 없는 뭔가라고 생각하게 된다. 또한 우리의 시간의 흐름이나 도덕 감각을 따르지 않는 어떤 힘이 있다고 짐작하게 된다. 여기에서 사람의 미래를 점치거나 알아내려는 그 모든 시도가 시작된다. 또한 의사와 집시에 대한 의존은 우리가 아프거나 곤란한 지경에 처할수록 더 심해진다. 그러나 이런 의존 행위는 신을 길들이려는—혹은 악마화하려는—시도에 불과하다. 똑같은 논리를 자연적이거나 인공적인 아름다움에 대한 감상적인 태도에도 적용할 수 있다. 왜냐면 무한함을 제대로 이해할 수 있는 것은 유한함뿐이기 때문이다. 이러한 상호관계에 대한 근거는 우아함에서 찾지 않으면 도저히 이해하기 어렵다—우아함을 배제할 거라면 이 도시에서 왜 모든 것에 그토록 과한 값을 쳐주는지 그 자선에 대한 설명을 정말로 찾아보아야 할 것이다.

전 문성이나 내가 오랜 세월 해 오고 있어서 누적된 결과에 의하면, 나는 작가다. 하지만 밥벌이 수단으로 보자면 학자이자 가르치는 사람이다. 내가 근무하는 학교의 겨울 방학은 5주이다. 그것이 내가 이 도시의 순례를 겨울에 하는 이유이기도 하다―하지만 그것은 일부일 뿐이다. 낙원과 휴가의 공통점은 둘 다 돈이 드는 일이며 동전은 당신의 전생에나 구경할 수 있다는 것이다. 그러한 연유로 이 도시―특별히 이 계절의 이 도시―와의 로맨스는 오래전에 시작되었다. 내가 돈이 되는 기술을 갖추기 오래전이자 내 열정을 감당할 여유가 생기기 오래전.

1966년의 언젠가―당시 나는 스물여섯 살이었다―어떤 친구가 단편소설 세 편을 빌려주었다. 러시아의 빼어난 시인인 미하일 쿠즈민(1872~1936, 러시아의 시인이자 소설가―옮긴이)이 러시아어로 옮긴 프랑스의 작가 앙리 드 레니에(1864~1936, 프랑스의 시인이자 소설가―옮긴이)의 소설이었다. 그 무렵 나는 레니에에 대해서는 마지막 고답파의 한 명으로 좋은 시인이지만 결코 대단하지는 않다는 사실밖에 몰랐다. 내가 암송할 수 있는 쿠즈민의 시는 몇 편 되지 않아 〈알렉산드리아의 노래들〉과 〈점토 비둘기들〉뿐이었고 그를 위대한 탐미주의자, 독실한 정교회 신자, 커밍아웃을 한 동성애자 순으로 알았던 것 같다.

내가 그 소설을 접했을 당시 작가도 번역가도 이미 불귀의 객이 된 지 오래였다. 그 책 역시 망가지기 일보 직전이었다. 1930년대 후반에 페이퍼백으로 출간된 그 책은 제본도 제대로 되지 않아 손에서 그대로 해체되어 버렸다. 나는 소설의 제목도 출판사의 이름도 기억나지 않는다. 사실 각각의 줄거리조차 지금은 흐릿하다. 어쨌든 한 단편의 제목이 "시골의 오락"이었던 것 같은 기억이 있지만 확실하지 않다. 물론 확인해볼 수는 있었지만, 그 소설들을 빌려준 친구가 일 년 전에 죽었다. 그러니 확인해볼 수도 없다.

그 소설들은 악한소설과 탐정소설이 뒤섞인 형식이었다. 그들 중 적어도 한 편, 그러니까 내가 "시골의 오락"이라고 마음속으로 부르는 단편은 겨울의 베네치아를 배경으로 했다. 그곳의 분위기는 땅거미가 지고 위험하고, 그곳의 지리는 여러 거울로 중첩되었다. 주요 사건들은 어떤 버려진 궁전 안, 아말감의 반대편에서 벌어졌다. 1920년대의 소설들 대부분이 그렇듯이 소설도 무척 짧았고―이백여 페이지였으며 그 이상은 아니다―진행속도는 빨랐다. 주제는 평이했다. 사랑과 배신이었다. 주요한 점은 이 책이 한 페이지나 한 페이지 반 정도 분량의 짧은 장들로 쓰였다는 것이다. 그런 속도 덕분에 어느 저녁 등장인물이 점점 커지는 걱정 속에서 왼쪽으로 돌고 오른쪽으로 돌며 눅눅하고, 춥고, 비좁은 골목길들을 다급하게 빠져나가는 느낌이 생생하게 전해졌다. 나의 동향인들에게 이 소설에 등장하는 도시는 쉽게 알아볼 수 있는 곳이었고 상트페테르부르크에서 뻗어 나와 위도는 물론이고 더 나은 역사를 갖게 된 곳처럼 느껴졌다. 하지만 인생에서 가장 영향을 쉽게 받을 시기에 내가 이 소설을 접하고 가장 중요하게 생각한 점은 따로 있었다. 나는 그 소설에서 이야기를 구성하는 가장 중요한 교훈을 배웠다. 즉, 서사를 재미있게 만드는 요소는 이야기 자체가 아니라 그다음에 무엇이 나오느냐는 것이다. 부지불식간에 나는 이 원칙을 베네치아와 연결 짓게 되었다. 독자가 지금 고생 중이라면 바로 그 이유 때문이다.

그 후 어느 날 다른 친구가 내게 눈이 번쩍할 정도로 잘 찍은 눈 덮인 산 마르코 광장의 컬러 사진을 실은 낡아빠진 〈라이프〉 지 한 권을 가져 왔다. 참고로 그 친구는 아직도 살아 있다. 그리고 또 얼마 후 내가 그 무렵 한창 따라다니던 아가씨가 아코디언 형태로 된 세피아 색 엽서 세트를 생일선물로 주었는데, 그녀의 할머니가 혁명 전 베네치아로 신혼여행을 갔다가 샀던 것이었다. 나는 돋보기로 엽서를 꼼꼼히 살펴보았다. 얼마 후 어머니가 어딘지는 신만이 아실 곳에서 정방형의 작은 싸구려 태피스트리를 구하셨다. 실제로 깔개였던 그 태피스트리에는 두칼레 궁전이 그려져 있었는데, 그것은 내 터키풍 소파 위에 둔 베개의 덮개가 되었다―덕분에 나는 공화국의 역사를 내 몸 아래에 둘 수 있었다. 베네치아와의 인연을 하나 더 말해 보자면, 아버지가 중국에 출장을 갔다가 사 오신 작은 구리 곤돌라도 있다. 부모님은 그 곤돌라를 화장대에 두고 그 안에 옷에서 떨어진 단추며, 바늘, 우표, 알약과 앰플들―점점 늘어나는―을 가득 담아두셨다. 그 후 레니에의 소설을 내게 읽게 해준 일 년 전에 죽은 그 친구가 더크 보가드가 출연한 비스콘티 감독(이탈리아의 영화감독―옮긴이)의 〈베니스에서의 죽음〉의 약식 상영회에 나를 데려갔다. 불법으로 들여온 거라 흑백 화면이었다. 아, 그 영화에 대해서는 별로 할 말이 없었다. 게다가 나는 그 영화의 원작 소설(토마스 만의 동명의 소설―옮긴이)도 그리 좋아하지 않았다. 그럼에도, 보가드가 증기선의 갑판 의자에 앉아 있던 기나긴 오프닝 시퀀스을 보면서 나는 화면에 끼어드는 크레디트를 잊었고 내가 죽을병에 걸리지 않았다는 사실을 애석하게 여겼다. 지금도 나는 그 애석함을 다시 떠올릴 수 있을 정도다.

그 후 베네치아 여성이 등장했다. 나는 이 도시가 어떤 식으로든 삼차원의 가장자리로 비틀거리며 들어와 서서히 초점이 잡히는 것 같았다. 그 이미지는 문학이나 거울에 등장한 것과 어울리게 흑백이었다. 귀족적이고, 어두컴컴하고, 차갑고, 흐릿하게 밝혀져 있으며 배경에는 비발디와 케루비니의 곡이 현으로 깔리고 구름 대신 벨리니/티에폴로/티치아노를 몸에 걸친 여체들이 있었다. 그리고 나는 스스로에게 맹세했다. 만약 내가 내 제국을 벗어난다면, 뱀장어가 발트해를 빠져나간다면, 제일 먼저 할 일은 베네치아를 방문해, 지나가는 보트들이 일으킨 파도가 내 창문을 두드릴 수 있도록 아무 저택의 일층에 방을 하나 빌리고, 축축한 돌바닥에서 내 담뱃불이 꺼져가는 동안 비가悲歌 두 편을 쓰고, 기침도 하고 술을 마시고, 돈이 떨어지면 기차를 타는 대신 작은 브라우닝 한 자루를 사서 베네치아에서 자연사로 죽지 못하게 그 자리에서 내 머리를 날려 버리는 것이라고.

물론 더할 나위 없이 퇴폐적인 꿈이다. 하지만 스물여덟에 생각할 머리가 있는 사람이라면 누구나 퇴폐적인 면이 있다. 게다가 그 계획은 조금도 실현될 것 같지 않았다. 그러다가 서른두 살에 갑자기 다른 대륙의 구석인 미국의 중부에 살게 되자 나는 대학에서 받은 첫 봉급을 예전에 꾼 꿈에서 덜 퇴폐적인 부분을 실행에 옮기는 데 썼다. 디트로이트와 밀라노 간 왕복 비행기표를 산 것이다. 비행기는 포드 사와 크라이슬러 사의 직원으로 크리스마스를 맞이해 귀향하는 이탈리아인들도 북새통이었다. 비행 중에 면세품을 팔기 시작하자 그들 모두가 비행기의 뒤쪽으로 몰려갔다. 그 순간 나는 대서양 위에서 낡은 707 항공기가 십자가처럼 날아가는 환영을 보았다. 양 날개를 활짝 펼치고 꼬리를 아래로 향한 모습 말이다. 그 후 마침내 내가 베네치아에서 유일하게 아는 사람과 기차를 함께 탔다. 여행의 끝은 춥고, 축축하고, 흑백이었다. 그 도시가 점점 또렷하게 보였다. 이 도시를 먼저 다녀간 어느 작가의 글을 인용하자면, "땅이 혼돈하고 공허하

며 어둠이 깊음 위에 있고 하나님의 신은 수면에 운행
하시니라."(창세기 1장 2절—옮긴이) 그리고 아침이 밝았
다. 그날은 일요일이었고 모든 종이 울리고 있었다.

나는 신이 시간이거나 적어도 성령은 그러하리
라 줄곧 믿었다. 어쩌면 애초에 내가 생각해낸
개념일 수도 있지만 이제는 기억이 안 난다. 어쨌든 나
는 성령이 수면 위를 움직인다면 수면에는 그 모습이
비칠 거라고 줄곧 생각했다. 여기에서 물과 물의 접힘,
주름, 동심원에 대한 감상적인 느낌이 비롯되었으며
잿빛의 물—내가 북구인이기 때문에—에 대해서도
같은 느낌을 품게 되었다. 나는 단순하게 물이 시간의
이미지라고 생각한다. 그래서 매년 한 해의 마지막 날
이면 약간 이교도적으로 보이지만 훌쩍 물가로 떠난
다. 되도록 바다나 대양이 가까운 곳으로 말이다. 그리
고 그곳에서 새롭게 만끽할, 새로운 시간 한 컵이 다가
오는 모습을 지켜보려고 한다. 벌거벗은 처녀가 조개

를 타고 있는 모습을 기대하는 것이 아니다. 내가 고대하는 모습은 구름 한 조각이나 자정의 해안가에 부딪히는 파도다. 내게는 그것이 물에서 나오는 시간이다. 그래서 나는 뭐든 다 안다는 집시 같은 태도가 아니라 겸손함과 감사함을 품은 채, 물이 해안에 그리는 레이스 같은 무늬를 응시한다.

이것이 바로 내가 이 도시를 바라보는 방식이다. 내 경우에는 이유라고 해야 할 테지만. 이런 환상에는 프로이트적인 측면이나 특히 척삭동물과 관련된 점은 조금도 없다. 물론 파도가 모래 위에 남긴 무늬와 그 자신도 괴물인, 어룡의 후손이 철저하게 진행할 무늬의 조사 사이에 어떤 진화적—단순히 인간적이 아니라면—이나 자서전적인 연결을 지어볼 수 있을 것이다. 베네치아의 건물에 새겨진 수직의 레이스 무늬는 물로 칭해지는 시간이 어디든 육지에 남긴 최고의 선線이다. 게다가 그 레이스의 전시물—즉 현지의 건물들—이 지닌 사각형 속성과 형태의 개념을 거부하는 무정형의 물 사이에는 분명히 관련성—설령 명백

한 의존관계는 아니라고 해도—이 있다. 마치 다른 어는 곳보다 이 도시에서는 시간보다 열등하다는 사실을 잘 아는 공간이 시간이 소유하지 못 하는 유일한 속성 즉, 아름다움으로 시간에 반응하는 것 같다. 그래서 물이 이러한 반응을 취하고, 그것을 비틀고, 세게 치고 잘게 자르기는 해도 궁극적으로는 그것을 안전하게 아드리아해로 실어가는 것이다.

이 도시의 눈에는 눈물의 자율성과 비슷한 자율성이 있다. 눈물과의 유일한 차이는 눈은 몸으로부터 떨어져 나오지 않고 전적으로 종속되어 있다는 점이다. 시간이 흐르면—이곳에서 머문 지 셋째 날이나 넷째 날이 되면—몸이 스스로를 눈의 운송수단으로 간주하기 시작한다. 마치 늘었다 줄었다 하는 잠망경에 대한 잠수함과 같은 관계 말이다. 물론 어떤 목표물을 겨냥하더라도 그 잠수함의 총포는 어김없이 자신을 향한다. 가라앉는 것은 당신의 가슴이나 정신이고 수면으로 퐁 튀어 오르는 것이 눈이다. 그것은 베네치아의 지형 탓이다. 성인聖人들을 따개비처럼 달고 메두사를 닮은 둥근 지붕으로 뽐을 내는, 중앙에 대성당이 서 있는 도시에서 당신을 허둥대게 하는 골목길—좁고 뱀장어처럼 구불거리는—탓이기도 하다. 이 도시에서는 집을 나오면서 어디를 가려고 마음을 먹었어도 길고 구불거리는 도로와 골목길에서 길을 잃을 수 있다. 그 길들은 끝까지 걸어가 보라고, 도무지 나올 것 같지 않은 끝까지 따라가 보라고 꼬드기지만 대개 그 끝에는 물이 나온다. 그러니 그 끝을 막다른 골목이라 부르는 것도 애매하다. 지도를 보면 이 도시는 구운 생선 두 마리를 한 접시에 나란히 올렸거나 바다가재의 집게발 두 개를 거의 겹치도록 놓은 모양(파스테르나크는 이 도시를 부풀어 오른 크루아상에 비유했다)으로 보인다. 하지만 이곳에는 동서남북이 없다. 이 도시의 유일한 방향은 샛길이다. 그 길이 당신을 얼어붙은 해초처럼 둘러싼다. 그래서 당신이 어디에 있는지 알아내려고 이리저리 움직일수록 당신은 길을 잃을 뿐이다. 교차로의 노란 화살 표지판들도 그다지 도움이 되지 않는다. 왜냐면 그것들은 휘어져 있기 때문이다. 사실 그것들은 당신을 도와주기는커녕 당신을 해초로 만들 뿐이다. 어쨌든 당신이 멈춰 세우고 길을 물어본 현지인의 유연하게 퍼덕이는 손에서, 당신의 눈은 "아 데스트라, 아 시니트라, 드리토, 드리토"(오른쪽, 왼쪽, 똑바로, 똑바로―옮긴이)라는 의미를 못 알아보더라도 물고기는 그것을 쉽게 알아볼 것이다.

얼어붙은 해초에 뒤엉킨 그물은 좋은 은유가 될 수도 있다. 공간이 부족한 탓에 이 도시의 주민들은 서로 바짝 붙어서 살고 그리하여 삶은 내재한 소문의 논리와 함께 진화된다. 이 도시에서 사람이 점유한 영토는 물에 둘러싸여 있다. 창문에 단 덧문은 햇빛과 소음(이곳에서는 최소다)보다 안에서 새어나갈지 모르는 소리를 차단한다. 열어놓은 덧문은 누가 부정한 일을 저지르지 않는지 염탐하는 천사들의 날개를 닮았다. 그래서 천장돌림띠에 따닥따닥 올려놓은 작은 조각상들처럼, 이곳 주민들의 상호관계는 보석의 깎은 면들이나 더 엄밀히 말해 가는 줄 세공 같은 측면을 띠게 된다. 이곳에서는 일반 주민들이 독재국가의 경찰보다 더 은밀하고 더 많은 정보를 알고 있다. 당신은 아파트의 문턱을 넘자마자 온갖 상상할 수 있는 추측과 환상, 소문의 먹잇감이 된다. 특히 겨울에는 더하다. 당신에게 일행이 있다면 다음 날 식료품점이나 신문판매소에서 당신은 가톨릭 국가에서는 이해할 수 없는 살살이 캐묻는 듯한 시선과 마주칠 것이다. 당신이 여기에서 누구를 고소하거나 고소를 당했다면 외지에서 변호사를 구해야 한다. 물론 여행객은 이런 상황을 즐긴다. 반면 현지인은 그러지 못한다. 화가가 스케치하고 아마추어가 찍은 사진들이 이곳에 사는 사람들에게 무슨 재밋거리이겠는가. 그러나 이 도시에서는 도시계획의 원칙(이 도시에서 그 개념은 나중에야 생겨난다)이라고 할 만한 것이 현대의 어떤 반듯한 도시구획보다 더 낫고 물에서 힌트를 얻은 이곳의 수로와도 조화를 이루는데, 그 수로는 당신 뒤에서 들리는 수다처럼 결코 끝나지 않는다. 그런 점에서 벽돌은 의심의 여지 없이 대리석보다 훨씬 강하다. 물론 이방인에게는 둘 다 난공불락이지만 말이다. 그러나 지난 17년 동안 한두 번 나는 베네치아의 은밀한 내실을, 레니에가 《시골의 오락》에서 묘사했던 아말감 너머의 미궁을 들여다볼 수 있었다. 그 일은 아주 빙빙 돌아가는 방식으로 벌어졌기에 지금은 그 세세한 사정을 기억조차 할 수 없다. 내가 그 미궁으로 들어가는 통로로 나를 데리고 간 돌아가고 꺾어지는 길들을 일일이 확인한 것이 아니기 때문이다. 누군가가 또 다른 누군가에게 무슨 말을 했고 애초에 그곳에 있을 리가 없었던 다른 사람이 그곳에서 이야기를 듣고 전화를 네 번이나 해주었다. 그 결과 누군가 자신의 저택에서 연 어느 밤의 파티에 나를 초대해 주었다.

그 저택은 두 명의 베네치아 해군 제독이 이룩한 어느 가문의 여러 방계가 거의 삼백 년에 걸쳐 법정 전투를 벌인 끝에 최근에서야 나를 초대한 사람의 소유가 되었다. 당연히 2층 높이의 동굴 같은 저택의 안뜰에는 근사하게 조각한 배의 고물용 등 두 개가 우뚝 솟아 있었다. 그 뜰에는 르네상스 시대에 제작된 온갖 해군 용품들이 가득했다. 수십 년의 대기 줄 제일 끄트머리에 서 있었던 그 사람은 가문의 다른―분명히 수없이 많을―사람들을 엄청나게 실망하게 한 후 마침내 그 저택을 손에 넣었다. 그는 해군 출신이 아니었다. 극작가나 화가라고 해야 할 사람이었다. 하지만 그 순간 이 마흔 살의 남자―매우 훌륭하게 재단한 회색 더블브레스트버튼 양복을 차려입은 날씬하고 키작은―에게 가장 확연히 드러난 점은 그가 상당히 아프다는 점이었다. 그의 피부는 간염을 앓았는지 양피지처럼 누랬다―어쩌면 단순히 궤양이었을 수도 있다. 그는 콘소메와 익힌 채소밖에 먹지 않았으나 파리의 손님들은 책으로 치면 별개의 장이라고 할 만한 훌륭한 음식으로 포식을 했다.

그날의 파티는 집주인이 베네치아의 예술에 관한 책을 펴낼 출판사를 열었을 뿐만 아니라 그 저택을 소유하게 된 것을 축하하는 자리였다. 우리 세 사람—동료 작가와 그의 아들, 나—이 도착했을 즈음에는 분위기가 한창 무르익어 있었다. 그곳은 사람들로 북적거렸다. 현지인은 물론 약간의 국제적인 전문가들과 정치가들, 귀족들, 극장 관계자들, 턱수염 기른 자들과 폭넓은 애스콧 타이를 맨 자들, 다양하게 화려함을 자랑하는 정부情婦들, 자전거 스타, 미국인 학자들이었다. 요즘 적당히 화려한 파티가 열릴 때면 빠지지 않는 늘 키득거리고 날렵하게 움직이는 젊은 동성애자 무리도 있었다. 그들은 완전히 제정신이 아니고 악의마저 느껴지는 중년의 '여왕'—매우 금발이고, 매우 눈이 푸르고, 매우 취한—에게 꼼짝도 못 했다. 그 '여왕'은 그 저택의 가령家領이었으나 이제 그곳에서의 날들이 끝났기에 모두에게 적의를 드러내는 중이었다. 그 사람의 앞날을 생각해보면 그럴 만도 했다.

그들이 한바탕 소동을 벌이는 동안, 그 소유자가 우리 세 사람에게 정중하게 집을 보여주겠다고 제안했다. 우리는 기꺼이 제안을 받아들였고 작은 승강기를 타고 위층으로 올라갔다. 승강기에서 내리는 순간, 20세기와 19세기, 그리고 18세기의 대부분은 뒤에, 더 엄밀히 말해서 아래에 남겨졌다. 좁은 수직 통로 바닥에 가라앉은 침전물처럼.

우리가 도착한 곳은 푸토가 가득 그려진 볼록한 천장이 있는 길고 어두침침한 화랑이었다. 벽마다 바닥에서 천장까지 짙은 갈색의 유화가 빼곡하게 걸려 있어서 어차피 조명은 도움이 되지 않을 것 같았다. 그 유화들은 당연히 이 공간을 위해 제작되었고, 거의 식별이 되지 않는 대리석 흉상과 붙임 기둥이 있는 공간과 이곳을 분리해 주었다. 그나마 내용을 알아볼 수 있는 그림들은 해상과 육지에서 벌어지는 전투들, 의식들, 신화 속 장면들을 소재로 했다. 게다가 가장 밝은 색조가 와인색이었다. 그곳은 광석의 존재를 알아보기 어렵게 하는 기름과 함께 버려진 채 영원한 저녁에 잠겨 있는 반암斑岩 광산이었다. 이곳의 정적은 진실로 지질에서 비롯되었다. 그곳에서는 "이게 뭐죠?"라거나 "누가 그린 그림이죠?"라는 질문이 차마 나오지 않을 것이다. 시기적으로 후에 생겨났으며 그곳과 관련이 전혀 없는 유기체에 속하는 당신의 목소리가 그곳에 어울리지 않기 때문이다. 한편으로는 물속을 여행하는 기분도 들었다ー우리는 보물을 실은 채 가라앉은 갤리언(15~17세기에 사용한 스페인의 대형 범선ー옮긴이)을 지나가지만 물이 쏟아져 들어오기 때문에 입을 뻐끔거리지 않는 물고기 떼 같았다.

화랑의 끝에서 집주인이 오른쪽으로 돌았고, 우리는 그를 따라 도서실과 17세기 신사의 서재를 혼합한 듯한 방으로 들어갔다. 옷장 크기의 붉은색 목재 캐비넷에 설치된 십자형 철사줄 너머에 꽂혀 있는 책들로 보건대, 이 신사가 머무는 세기는 16세기까지 거슬러 올라갈 것 같았다. 그곳에는 이솝에서 제논(소크라테스 이전의 철학자이자 엘레아학파로 '운동 불가능론'을 주장했다ー옮긴이)까지의 가죽장정을 한 두툼하고 하얀 책들이 육십 권가량 꽂혀 있었다. 그 정도면 신사에게 충분할 테고 그를 사색가로도 만들 수 있을 듯했다. 그의 매너나 재산에 재난이나 다름없는 결과를 불러올지 모르겠지만 말이다. 그 책장을 제외하면 그 방은 휑했다. 방안의 조명도 화랑보다 더 낫지 않았다. 책상 하나와 그 위에 놓인 색 바랜 지구본을 용케 알아보았다. 이윽고 집주인이 손잡이를 돌리자 문가에 서 있던 그의 실루엣이 앙필라드(방과 방의 문을 서로를 향해 열리도록 만들어 공간을 연결한 것—옮긴이)로 들어가는 모습이 눈에 들어왔다. 그 앙필라드를 보자 어쩐지 몸서리가 쳐졌다. 그곳은 사악하고, 어떤 끈적거림으로 아득히 멀리 이어진 것 같았기 때문이다. 나는 침을 꿀꺽 삼키고 그곳으로 발을 들여놓았다.

그곳에는 빈방들이 길게 이어져 있었다. 그곳과 나란히 놓인 화랑의 길이보다 더 길 리 없다는 사실을 머리로는 알았다. 그런데 더 길었다. 나는 일반적인 원근감 속이 아니라 광학 법칙이 유예된 수평의 나선을 걷는 느낌이 들었다. 방 하나를 지났다는 것은 그만큼 존

재가 소멸하여 무존재 상태로 한 단계 더 가까워진다
는 뜻이었다. 이런 감각은 다음의 세 가지와 관계가 있
었다. 커튼과 거울, 먼지. 어떤 방들은 애초의 용도—
식당방, 살롱, 어쩌면 육아실—를 알아볼 수 있지만
대부분은 특별한 기능이 없이 비슷비슷했다. 그 방들
은 크기도 비슷했다. 어쨌든 크게 차이가 나지 않았을
것이다. 방마다 창문에는 커튼이 쳐져 있고 두세 개의
거울이 벽을 장식하고 있었다.

커튼의 원래 색과 무늬가 어땠는지 모르겠지만, 이
제는 색 바랜 노란색에 몹시 낡아 보였다. 미풍은 말할
것도 없고 손끝으로 살짝 건드리는 것만으로 쪽모이
세공을 한 바닥으로 조각조각 우수수 흩어지며 바스
러질 것이 분명했다. 그것들은 떨어지고 있었다. 그 커
튼들 말이다. 게다가 커튼의 주름 여기저기에는 올이
빠져 휑한 부분이 꽤 넓게 드러나 있었다. 흡사 직물이
자신의 수명이 다했음을 느끼고 베틀에서 천으로 만
들어지기 전 상태로 돌아가려는 것 같았다. 우리의 숨
결조차 너무 친밀했다. 그래도 신선한 공기보다 나았

다. 역사처럼 이 직물도 그런 산소는 필요하지 않았다. 이 상태는 부패도 분해도 아니었다. 이 상태는 시간 속으로 되돌아가 소멸하는 것이었다. 그 시간 속에서는 색도 질감도 중요하지 않으며 직물들은 자신에게 무슨 일이 일어날지 알게 되면 다시 재편되어 이곳이든 다른 곳이든 다른 면직물로 돌아갈 것이다. "죄송합니다." 그 직물들은 이렇게 말할지도 모른다. "다음에 올 때는 내구성이 더 좋아질 겁니다."

그리고 방마다 크기는 다양해도 모양은 대개 사각형인 거울이 두세 개 있었다. 그 거울들은 전부 섬세한 황금 틀에 끼워져 있으며 만듦새가 훌륭한 꽃장식이 둘려져 있거나 거울의 표면보다 자신에게 더 관심을 기울이라고 말하는 듯한 목가적인 장면들로 꾸며져 있었다. 그도 그럴 것이 아말감의 상태가 어느 것이라 할 것 없이 모두 형편없었기 때문이다. 어떤 의미에서, 거울이 벽 전체를 뒤덮으며 퍼져나가지 못하도록 막아준다는 점에서 거울의 틀이 그 내용물보다 더 논리적이었다. 수 세기 동안 맞은편 벽 외에 아무것도 비출 게 없다는 사실에 점점 어색해진 그 거울들은 탐욕 때문이건 무기력 때문이건 사람의 얼굴을 되비쳐주기를 어쩐지 꺼렸다. 그리고 사람의 얼굴을 비출 때마다 불완전한 형체를 되돌려 주었다. 나는 비로소 레니에를 이해하기 시작했다는 생각이 들었다. 이 방에서 다음 방으로 앙필라드를 지나 앞으로 나아가면서 나는 그 틀에서 점점 더 내가 보이지 않고 점점 더 암흑으로 돌아가는 모습을 보았다. 나는 그것을 점진적인 수축이라고 생각했다. 이 과정은 결국 어떻게 끝날까? 그 행진은 열 번째 혹은 열한 번째 방에서 끝났다. 나는 다음 방으로 이어지는 문에 서서 내 모습 대신 칠흑 같은 어둠밖에 보이지 않는 3×4피트(1피트는 30.48센티미터—옮긴이)의 제법 큰 금박 사각형 거울을 가만히 바라보았다. 사람을 유혹하는 듯한 깊은 그 거울은 저만의 차원—어쩌면 또 다른 앙필라드—을 가지고 있는 듯했다. 한순간 현기증이 났다. 하지만 나는 소설가가 아니므로 그 기회를 건너뛰고 문 안으로 들어갔다.

그 방들을 순례하는 동안 으스스한 느낌에 휩싸인

것은 그럴 만했다. 하지만 이제 아무 근거도 없이 나는 귀신이라도 볼 것 같은 기분에 휩싸였다. 집주인과 내 일행이 약간 뒤처진 바람에 그곳에는 나 혼자뿐이었다. 사방에 먼지가 두껍게 쌓여 있었다. 눈에 들어오는 형체의 색조와 형태가 모두 잿빛으로 흐릿했다. 대리석에 상감 세공을 한 테이블들이며 작은 도자기 인형들, 소파들, 의자들, 쪽모이 세공까지. 모든 것에 먼지가 가루처럼 뿌려져 있었다. 그리고 도자기 인형들과 흉상의 경우처럼, 때로는 먼지가 묘하게도 긍정적인 효과를 줘서 이목구비와 옷의 주름, 생기가 더 돋보였다. 하지만 이곳의 먼지는 대개 층이 두껍고 단단했다. 게다가 새로운 먼지는 더이상 쌓일 수 없을 것처럼 최후라는 분위기가 물씬 풍겼다. 모든 표면은 먼지를 욕망한다. 어느 시인이 말했듯이, 먼지는 시간의 살이자 피다. 하지만 이곳의 먼지는 아무도 그런 욕망을 품지 않은 것 같았다. 이제 먼지는 그 물건들 속으로 스며들어 한데 뒤섞여 종국에는 그 물건을 대체할 것이라는 생각이 들었다. 물론 그 과정은 물건의 재질에 달려 있다. 어떤 물건은 내구성이 꽤 좋았다. 어쩌면 해체되지 않을지도 모른다. 시간이 그 물건들의 형태에 아무런 반감이 없다면, 그것들은 계속 회색이 되어갈 것이다. 시간이 물질을 앞질렀던, 지금까지 지나쳐온 진공의 방들에서 그러했듯이.

그 방들의 끝에는 집주인의 침실이 있었다. 거대하지만 아무것도 덮여 있지 않은 사주四柱 침대가 그 공간을 지배하고 있었다. 자신의 배에서 써야 했던 비좁은 간이침대에 대한 제독의 복수일까 아니면 바다에 대한 오마주일까. 침대로 내려와 천개天蓋 역할을 하는 끔찍한 치장벽토 구름을 탄 푸토를 보면 바다에 대한 오마주 쪽에 더 신빙성이 있어 보인다. 사실 그것은 푸토라기보다는 조각상이었다. 아기 천사들의 얼굴은 지독히도 그로테스크했다. 침대를—몹시 날카로운 눈초리로—내려다보는 그 천사들은 모두 비도덕적이고 호색한의 웃음을 짓고 있었다. 그것들을 보니 문득 아래층에서 낄낄거리고 있는 젊은이들 무리가 떠올랐다. 바로 그때, 침대만 있는 줄 알았던 방 한구석에 놓인 휴대용 TV가 눈에 들어왔다. 나는 이 방에서 자신의 선택을 즐겼을 그 가령의 모습이 그려졌다. 먼지 덮인 석고 걸작품의 매서운 눈빛을 받으며 리넨의 바다 한가운데서 벌거벗은 채 몸부림치는 살의 섬. 기묘하게도 그런 상상에 전혀 욕지기가 치밀지 않았다. 오히려 시간의 관점에서 볼 때 이곳에서는 그런 유흥만이 걸맞을 것처럼 느껴졌다. 왜냐면 그것은 아무것도 생산하지 않기 때문이다. 삼백 년 동안 그 무엇도 이곳의 진정한 주인의 자리를 거머쥐지 못하지 않았는가. 전쟁도, 혁명도, 위대한 발견도, 천재성도, 전염병도 법적인 문제로 이곳에 발을 들이지 못했다. 인과관계는 멈춰 섰다. 왜냐면 인과관계를 일으키는 인간들조차 기껏해야 몇 년에 한 번씩 관리를 위해서만 이곳을 들락거렸기 때문이다. 리넨의 바다에서 꼼지락거리는 작은 모래톱은 사실 그곳과 궁합이 잘 맞았다. 그곳은 근본적으로 어떤 것도 생산해낼 수 없으므로. 기껏해야 그 가령의 섬—아니면 화산이라 해야 할까?—은 푸토들의 눈길 속에서만 존재했다. 거울의 지도에는 그 섬이 없었다. 나도 없었다.

베네치아에는 이런 곳이 몇십 군데나 된다는 말을 듣기는 했지만, 나는 그런 곳에 딱 한 번 초대를 받았다. 그러나 그 한 번으로 충분했다. 특히 그 유명한 베네치아의 안개 '네비아'가 건물들, 사람들, 주랑들, 교각들, 입상들처럼 형체가 있는 모든 것을 뒤덮어 이곳이 어느 궁전의 내밀한 성소보다 더 시간을 초월한 곳처럼 느껴지게 하는 겨울철에는 더욱 그랬다. 네비아가 찾아오면 배의 운항이 취소되고 항공기는 수 주 동안 도착도 출발도 못 한다. 가게는 문을 닫고, 우편물도 더이상 배달되지 않는다. 마치 어떤 투박한 손이 앙필라드를 안에서 밖으로 뒤집어 도시를 빙둘러 싸버린 것 같았다. 이곳저곳의 왼쪽, 오른쪽, 위, 아래가 뒤죽박죽된다. 그러면 당신은 현지인이거나 아니면 관광안내원이 있어야만 길을 찾을 수 있다. 안개는 짙고, 앞을 분간할 수 없고, 정체되어 있다. 정체되어 있기에 가령, 담배를 사기 위해서처럼 잠시 나갈 경우라면 덕을 보기도 한다. 왜냐면 당신의 몸이 안개에 뚫어놓은 터널을 되짚어가면 집으로 가는 길을 찾을 수 있기 때문이다. 그 터널은 삼십 분가량 유지된다. 이 안개의 시기는 독서의 시간이자, 온종일 전기를 켜두는 시간이자, 자기비하적 생각이나 커피에 관대해지는 시간이자, BBC 월드 서비스를 듣는 시간이자, 일찌감치 잠자리에 드는 시간이다. 간단히 말해서 보이지 않게 된 도시에 의해 생겨난 자기 망각의 시간이다. 이때 외지인은 어느새 그 도시를 모방하게 된다. 특히 그 도시처럼 친구 없이 혼자일 때 말이다. 이 도시에서 태어나지는 못했어도, 적어도 이 도시의 '보이지 않음'을 함께 나눌 수 있다는 사실에 조금 의기양양해질 수는 있다.

한편 나는 이 도시의 대리석으로 만든 독특한 건물의 내용물만큼 평범한 벽돌 건물의 내용물

도 늘 좋아했다. 이런 기호는 반 귀족 성향은 말할 것
도 없고 포퓰리즘과도 아무 관계가 없다. 물론 소설가
의 특성과도 관계가 없다. 그것은 단지 내 인생의 대
부분 동안 살았거나 일을 했던 집들에 대한 반향일 뿐
이다. 이곳에서 태어나는 데 실패한 데다 '피아노 노
빌레'(궁전이나 대저택의 주된 층으로 대개 응접실이 있는 이층을
말한다—옮긴이)에 살 수 없을 일을 골랐기 때문에 좀 더
실패한 것 같다. 다른 한편으로 이 도시의 벽돌 건물을
향한 감상적 태도에는 일종의 속물근성이 있는 것 같
다. 치장벽토라는 껍데기가 벗겨져 나가 불타는 근육
과 닮은 그 순수한 붉은색 때문이다. 종종—특히 내가
아침을 준비할 때—달걀을 보면 유기농 풍으로 통조
림 음식을 생산하는 아이디어를 생각해 낸 미지의 문
명을 상상하게 되듯이, 벽돌과 쌓여 있는 벽돌에는 다
른 방식으로 살을 배치하는 모습을 연상시키는 구석
이 있다. 물론 생살이 아니라 거의 주홍색이며 똑같은
모양의 작은 세포들 말이다. 원소나 분자 같은 수준에
서 우리 인간의 또 다른 초상화는 벽이거나 굴뚝일 것

이다. 결국 전지전능한 신처럼 우리도 자신의 상상대로 모든 것을 만든다. 더 믿을 만한 모델이 없기 때문이다. 그러므로 우리가 만들어낸 것들은 우리의 고백보다 우리 자신에 대해 더 많은 것을 말해준다.

어쨌거나 나는 이 도시의 평범한 주택의 문턱은 한 번도 넘지 못했다. 이방인을 좋아하는 부족은 없다. 게다가 베네치아 사람들은 매우 부족적이며 더불어 섬사람들이기도 하다. 좀처럼 올라오지 못하고 바닥 주위를 요란하게 움직이는 내 이탈리아어 실력도 장애물이었다. 이탈리아어 실력은 한 달 정도 있다 보면 훨씬 나아졌지만, 그럴 때쯤이면 다시 나는 앞으로 한 해 동안 그 언어를 사용할 기회를 남겨둔 채 비행기에 오르곤 했다. 그래서 내가 주로 어울리는 사람들은 영어를 구사하는 현지인들이었다. 또한 비슷한 사람들—같은 수준은 아니더라도—과 집을 공유하는 미국인 해외 체류자들과도 어울렸다. 내가 교류

한 러시아어 구사자들은 주로 현지 대학 사람들로, 나는 내 조국과 그곳의 정치에 대한 그들의 감상적인 태도를 접할 때마다 욕지기가 치밀어 오르곤 했다. 현지의 작가와 학자들 두세 명에 대한 반응도 그와 거의 비슷했다. 벽마다 붙은 너무 많은 추상적인 석판 인쇄, 너무 많은 단정한 책장과 아프리카 싸구려 장신구들, 말 없는 아내들, 누런 피부에 병색이 완연한 딸들, 현 사건들을 통해 빈사 상태로 흘러가는 대화들, 누군가의 명성, 심리치료, 초현실주의, 내 호텔로 가는 지름길에 대한 설명까지. 정리하자면, 다양성에 대한 추구는 동어반복에 불과한 결론으로 김이 새고 말았다. 나는 그곳의 어느 사무 변호사나 약제사의 텅 빈 사무실에서 내 오후를 허비하는 상상을 했다. 사무실 주인의 비서가 근처 바에서 커피를 사서 모터보트의 가격이나 로마의 디오클레티아누스 황제의 역할을 한 배우의 괜찮은 외모에 대해 느긋하게 이야기를 하며 들어오면 그녀를 결눈질로 쳐다보면서 말이다. 실질적으로 이곳 사람들은 누구나 모터보트 같은 유선형 물건에 대해 단지 열망만이 아니라 꽤 괜찮은 교육도 갖추고 있기에 자연스럽게 이런 대화를 한다. 고객이 몇 명 되지 않는다면 나는 의자에서 엉덩이가 떨어질 일이 없을 것이다. 드디어 그는 사무실 문을 걸어 잠그고 우리는 그리티나 다니엘리로 산책을 하러 갈 것이다. 그곳에서 나는 그에게 술을 몇 잔 대접하리라. 운이 좋으면 그의 비서도 우리와 함께할 것이다. 우리는 푹신한 안락의자에 푹 꺼지듯 앉아 새로운 독일인 대대大隊나 어딜 가나 마주치는 일본인들에 대해 악의적인 의견을 주고받을 것이다. 그 일본인들이, 새로 등장한 원로들처럼, 물결이 찰랑거리는 차갑고 저녁노을 진 물속을 걸어 다니는 수산나 같은 이 도시의 창백하고 헐벗은 허벅지를 카메라로 노상 들여다보며 다닌다고 말이다. 나중에 그는 나를 자신의 집에 저녁을 먹으러 오라고 초대할 수도 있다. 그러면 임신한 그의 아내는 김이 모락모락 올라오는 파스타 위로 끝날 기미가 보이지 않는 나의 독신생활에 대해 입심 좋게 질책할 것이다… 신사실주의 영화를 너무 봤거나 이탈로 스베보

(1861~1928, 이탈리아 출신의 소설가—옮긴이)의 소설을 너무 읽었나 보다. 이런 종류의 환상이 현실이 되려면 대저택에서 사는 것과 똑같은 자격요건이 필요할 것이다. 나는 그런 사람들을 사귀지 않고, 이런 몽상을 완전히 버릴 만큼 이곳에 오래 머무르지도 않았다. 또 다른 삶을 살고 싶으면 일단 지금 사는 삶을 마무리 지어야 한다. 그것도 말끔하게 말이다. 아무도 그런 일을 설득력 있게 해낼 수 없지만, 가끔 배우자가 도망가거나 정치적 체제가 훌륭하게 해결해 주기도 한다…. 속담에도 있다시피 늙은 개가 망령이 나 꾸는 꿈은 다른 집, 이상한 계단, 기묘한 냄새, 낯선 가구와 익숙하지 않은 지형地形이지 새로운 주인이 아니다. 주인을 귀찮게 할 필요는 없지 않은가.

그래서 나는 티끌 하나 없는 빳빳한 리넨과 자수가 놓이고 프릴이 잔뜩 달린 침대보가 깔려 있고 구름 같은 베개들, 헤드보드 위에 걸린 진주 박힌 작은 십자가가 있는 주철 뼈대의 침대에서 죄악을 짓기는커녕 잠도 자보지 못했다. 나는 성모의 유화식 석판화나 깃털이 꽂혀 있는 저격병 군모를 쓴 아버지/형제/삼촌/아들의 빛바랜 사진들이나 창가에 걸린 친츠(특히 꽃무늬가 날염된 광택 나는 면직물. 커튼·가구 덮개 등으로 쓰임―옮긴이) 커튼으로 텅 빈 시선을 돌리지 못했다. 어깨의 끈이 자꾸 흘러내려도 이마에 하얀 구슬 같은 땀을 반짝이며 젊고 튼튼하고 태양에 그을려 거의 거무스름한 팔로 말끔히 빨고 부엌의 테이블에서 다림질한 베네치아산 레이스와 시트, 타월, 베갯잇, 속옷들이 가득 담긴 짙은 나무 서랍장 위에 놓인 도자기나 마욜리카 물병으로도 시선을 돌린 적이 없었다. (은색이 나왔으니 말인데, 그런 서랍 가운데 하나에 들어 있는 시트 한 무더기 아래에는 십중팔구 은식기가 숨겨져 있을 것이다.) 물론 이 모든 장면은 내가 주인공은 고사하고 엑스트라로도 나오지 않은 영화의 장면이자 내가 아는 바에 따르면 다시는 촬영을 하지 않거나 하더라도 소도구들이 완전히 다르게 보일 영화의 장면이다. 내 머릿속에서는 그 영화를 〈노체 디 세피아〉(세피아의 혼인 잔치, 〈가나의 혼인 잔치〉의 패러디인 듯하다―옮긴이)라고 부른다. 그 영화는 줄거리도 없이 왼쪽으로는 세상에서 가장 근사한 물색이 펼쳐져 있고 오른쪽으로는 붉은 벽돌이 무한히 뻗어 있는 폰다멘테 누오베를 따라 내가 걷는 장면뿐이다. 나는 납작한 모자를 쓰고 짙은 색 서지 재킷을 입고 그 아래로 하얀 셔츠를 단추를 풀어헤친 채 입을 것이다. 그 옷은 앞서 나온 여인의 튼튼하고 까무잡잡한 팔이 빨아 다린 것이다. 아르세날레로 가다가 오른쪽으로 방향을 틀어 열두 개의 다리를 건너고 가리발디를 거쳐 지아르디니로 갈 것이다. 그곳의 카페 파라디소의 철제 의자에는 6년 전 이 셔츠를 빨고 다려주었던 여자가 앉아 있을 것이다. 그녀의 앞에는 치노토(탄산음료 ―옮긴이) 한 잔과 파니노(이탈리아식 샌드위치―옮긴이), 작고 다 해진 프로페르티우스의 《모노 비블로스》나 푸슈킨의 《대위의 딸》이 놓여 있을 것이다. 그녀는 우리가 이스키아 섬으로 여행을 가기 전날 로마에서 산 무릎까지 오는 태피터(광택이 있는 뻣뻣한 직물―옮긴이) 드레스를 입고 있을 것이다. 그녀는 겨자색과 꿀색이 어우러진 눈동자를 들어 묵직한 서지 재킷을 입은 인물에게 시선을 고정한 후 말할 것이다. "배가 대단하네요!" 이 영화를 흥행 참패에서 구해줄 수 있는 것이 있다면, 그것은 바로 겨울의 빛일 것이다.

얼마 전 나는 어딘가에서 전시의 처형 장면을 찍은 사진 한 장을 보았다. 중키에 창백하고 깡마른 남자 세 명이 구체적으로 얼굴 특징을 알아볼 수 없는 상태로(카메라의 렌즈에는 이들의 옆모습이 보였다) 방금 판 구덩이의 가장자리에 서 있었다. 그들은 외모로 봐서 북유럽계였다—솔직히 나는 그 사진을 리투아니아에서 찍었다고 생각한다. 세 사람의 바로 뒤에는 권총을 든 독일 병사가 세 명 있었다. 저 멀리 잔뜩 모여 있는 다른 병사들이 보인다. 구경꾼들이다. 병사들이 입은 겨울 코트로 봐서 초겨울이나 늦은 가을인 듯하다. 세 사람 사형수들은 그들대로 똑같이 입고 있다.

그들은 납작한 모자를 쓰고 흰색에 옷깃이 없는 속셔츠를 입고 그 위에 묵직한 검은 재킷을 입고 있었다. 잡힌 자들의 제복이었다. 무엇보다 그들은 추워 보였다. 머리를 어깨로 끌어당긴 모습으로도 그렇고, 직후에 죽을 운명이기 때문이기도 했다. 사진사는 병사들이 방아쇠를 당기기 바로 직전에 셔터를 눌렀다. 세 명의 마을 청년은 머리를 어깨로 끌어당긴 채 곧 다가올 아픔을 예상하는 아이처럼 눈을 가늘게 뜨고 있었다. 그들은 아플 거라고, 매우 아플 거라고 짐작했다. 총성에 귀가 터질 거라고도 생각했다―총알이 귀에 바짝 붙어 날아갈 테니 말이다! 그리고 눈을 찡그렸다. 인간이 할 수 있는 반응은 매우 한정적이기 때문이다! 그들을 찾아온 것은 고통이 아니라 죽음이었다. 그러나 그들의 몸은 두 가지를 구별할 수 없었다.

19 77년 11월의 어느 오후 나는 '반대자들의 비엔날레' 측의 후의로 머물렀던 론드라 호텔에서

수전 손택의 전화를 받았다. 그 무렵 수전 손택도 비엔날레 때문에 그리티에 머물고 있었다. "조지프?" 그녀가 말했다. "오늘 저녁에 뭐 할 거예요?" "별일 없어요." 내가 대답했다. "왜요?" "음, 오늘 피자 가게에서 올가 럿지(바이올린 연주자로 시인 에즈라 파운드의 연인─옮긴이)와 마주쳤어요. 그 사람을 알아요?" "아뇨. 혹시 파운드의 연인을 말하는 거예요?" "네." 수잔이 말했다. "올가가 나를 오늘 밤에 집으로 초대해 줬는데, 도저히 혼자 갈 마음이 들지 않아서요. 혹시 다른 계획이 없으면 나랑 같이 갈래요?" 나는 아무 계획이 없었다. 게다가 그녀의 우려가 너무 잘 이해되었기에 선선히 대답했다. 좋아요, 그러죠. 사실 우려라면 내 쪽이 더 클 거라는 생각이 들었다. 무엇보다 내가 일하는 분야에서 에즈라 파운드라면 대단한 인물로 가히 산업이라 할 만했다. 수많은 미국의 서광書狂들은 에즈라 파운드에게서 거장이자 순교자의 모습을 보았다. 젊은 시절 나는 그의 시 여러 편을 러시아어로 옮겼다. 그 번역은 쓰레기였지만, 믿을 만한 문학잡지의 이사회에 소속된 비밀 나치스트가 마음에 들어 해서 출판 직 전까지 갔다(지금 그 남자는 열렬한 국수주의자가 되었다). 미 숙함에서 비롯된 신선함과 긴장된 운문 때문에, 시의 주제와 문체의 다양성 때문에, 그 무렵 내가 손에 넣을 수 없었던 풍부한 문화적 참고자료 때문에 그의 시가 좋았다. 또한 "그것을 새롭게 만들자"라는 그의 표현 도 좋았다—그러니까 그것을 새롭게 만드는 진짜 이 유가 '그것'이 꽤 낡았기 때문이라는 사실을 이해할 때 까지 좋아했다. 결국 우리가 정비소에 있다는 말이라 는 사실을 깨달을 때까지 말이다. 세인트 엘리자베스 의 정신병원에서 그가 겪은 고초(에즈라 파운드는 2차 대 전 중에 파시즘을 지지하는 방송을 했고, 이로 인해 전후에 정신병 원에 억류되었다가 1958년에 풀려났다—옮긴이)도 러시아인의 눈으로 보면 요란하게 떠들 거리가 전혀 아니었다. 오 히려 그 고초가 전시 라디오 방송에서 떠든 탓에 자초 했을지 모를 납 9그램(소련 시절 장교가 사용했던 총알을 의 미한다—옮긴이)보다 훨씬 나았다. 〈칸토스〉(에즈라 파운드 의 연작 장편시—옮긴이)도 나를 냉담하게 만들었다. 가장 주요한 실수는 오래된 실수다. 즉 미를 추구하는 것이다. 이탈리아에서 그렇게 오랫동안 살았던 사람이 미는 추구할 수 없으며 항상 다른 것, 대개는 매우 평범한 것을 추구할 때 손에 넣을 수 있는 부산물이라는 사실을 깨닫지 못했다는 것이 의아할 따름이었다. 그를 심도 있게 설명해주는 서문을 일절 싣지 않은 채 그의 시와 연설을 한 권으로 묶어 출간하고, 무슨 일이 일어날지 두고 보는 편이 공정할 거라고 나는 생각했다. 누구보다도 시인이라면 시간은 라팔로와 리투아니아 사이의 차이를 모른다는 사실을 알았어야 했다. 나는 그가 이탈리아로 돌아오면서 파시스트가 경례하듯 손을 들어 올리더니 곧장 그 손짓의 의미를 부인하고, 인터뷰에서 입을 꾹 다물고, 하일레 살라시에(에티오피아가 이탈리아에 점령된 후 영국으로 망명한 에티오피아의 황제—옮긴이)를 닮은 현자의 외모를 만들어 주는 망토를 입고 지팡이를 들고 다니는 것보다, 제 손으로 자신의 삶을 망쳤다는 사실을 인정하는 편이 더 남자답다고도 생각했다. 그래도 그는 여전히 내 친구들 사이에서 인기가 있었고, 나는 이제 그의 옛 연인을 만날 참이었다.

알려준 주소는 살루테 세스티에레에 있었다. 내가 알기에 그곳은 베네치아에서 외국인의 비율이 높은 지역으로, 외국인 중에서도 영국인이 많았다. 잠시 길을 헤맸지만 우리는 그곳에 당도했다—레니에가 20세기 초에 살았던 집에서 그리 멀지 않았다. 우리는 벨을 눌렀다. 잠시 후 구슬 같은 눈을 한 자그마한 여자를 따라가다가 문턱을 넘을 때 처음 내 눈에 들어온 것은 응접실 바닥에 놓여 있는 고디예브제스카(소용돌이파 조각가—옮긴이)가 만든 시인의 흉상이었다. 지겨움이 갑자기 그러나 확실하게 나를 잡아챘다.

차가 나왔다. 우리가 한 모금을 마시자마자 여주인—하얗게 센 머리에 자그마하고 깔끔한 데다 앞으로도 오래오래 정정할 것 같은 숙녀—이 날카로운 손가락을 들어 올렸고, 그것이 보이지 않은 레코드판의 홈 위로 미끄러지듯 닿자 그녀의 꼭 다문 입에서 적어도 1945년 이후로 내내 공적인 장소에서 불렀을 아리아가 흘러나오기 시작했다. 에즈라는 파시스트가 아니었어요. 그 사람들은 미국인들(미국인의 입으로 이 단어를 들으니 꽤 이상했다)이 그를 전기의자에 앉힐까 봐 겁을 냈어요. 에즈라는 무슨 일이 일어나고 있는지 아무것도 몰랐어요. 라팔로에는 독일인이 한 명도 없었어요. 에즈라는 방송을 위해 한 달에 단 두 번 라팔로에서 로마로 출장을 갔어요. 에즈라가 진심으로 …했다고 생각한다면 미국인들이 틀린 거예요. 어느 순간부터는 나는 아예 그녀의 말에 주의를 기울이지 않고—그건 내게 쉬웠다. 어차피 영어는 내 모국어가 아니기 때문이다—그녀가 말을 멈출 때마다 고개를 끄덕이거나, 그녀가 자신의 독백을 경련을 일으키듯 레코드의 A면에 있는 "카피토?"(이해했어요?—옮긴이)로 강조할 때마다 나는 생각했다. 그녀의 주인은 목소리다. 점잖게 행동하고 저 숙녀의 말을 끊지 말자. 저 말은 다 쓰레기지만 그녀는 철석같이 그것을 믿고 있다. 내 안에는 입밖으로 소리를 내는 행위에서 내용에 상관없이 육체적인 면을 늘 존중하는 마음이 있는 것 같다. 인간 입술의 움직임 자체가 그것을 움직이게 만드는 것보다 더 본질적이다. 나는 앉아 있는 안락의자에 더 깊숙이 파고들었고 저녁 초대가 아니었기에 다과로 나온 쿠키에만 정신을 집중하려고 애를 썼다.

몽상에 빠진 나는 수전의 목소리에 퍼뜩 깨어났다. 그 목소리는 레코드판이 멎었다는 사실을 뜻했다. 그녀의 목소리에서 느껴지는 음색이 어딘지 기묘했기에 나는 귀를 기울였다. 수전이 이렇게 말하는 중이었다. "하지만 올가, 미국인들이 에즈라의 방송 때문에 심사가 뒤틀렸다고 생각하지 마세요. 문제가 방송뿐이었다면 에즈라는 그저 또 한 명의 도쿄 로즈(태평양 전쟁 당시 일본의 라디오 선전방송인 〈라디오 도쿄〉를 진행하던 여자 아나운서들—옮긴이)에 불과했을 거예요." 수전의 말은 지금까지 들어본 가장 뛰어난 말대꾸 중의 하나였다. 나는 올가를 바라보았다. 그녀가 호인처럼 그 말을 받아들였다는 사실은 반드시 밝혀야 할 것이다. 아니 그녀는 프로였다. 아니면, 수전이 한 말을 이해하지 못했을 수도 있다. 물론 나는 그렇게 생각하지 않지만 말이다. "그럼 뭐였죠?" 올가가 물었다. "그건 에즈라의 반유대주의 때문이었어요." 수전이 이렇게 대답한 순간 노부인의 손가락으로 된 강옥(연마제로 쓰이는 단단한 물질─옮긴이) 바늘이 다시 한번 레코드 판의 홈으로 들어가는 모습이 보였다. 이번에는 B면이었다. "사람들은 에즈라가 반유대주의자가 아니었다는 사실을 깨달아야 해요. 그이의 이름만 봐도 '에즈라'(에즈라는 돕는다는 뜻이다─옮긴이)잖아요. 그의 친구들 가운데에는 유대인도 있었어요. 베네치아의 제독도 포함해서요. 또…." 그 노랫가락은 똑같이 익숙하고 똑같이 길었다─약 45분간 이어졌다. 하지만 이제 우리는 가봐야 했다. 우리는 노부인에게 저녁 시간을 내주어 고맙다고 인사를 한 후 작별을 고했다. 나는 미망인─아니면 빈집에 혼자 있는 누구라도─의 집을 나설 때면 찾아오는 슬픔을 처음으로 느끼지 않았다. 그 노부인은 정정해 보였고 상당히 부유했다. 무엇보다 그녀는 자신의 신념에 만족하는 듯했다─나는 그녀가 그 만족감을 수호하기 위해 무슨 짓이든 할 거라는 느낌이 들었다. 내 생각에, 나는 파시스트─젊든 늙었든─를 만난 적이 없다. 하지만 늙은 공산당 당원들이라면 수도 없이 상대했다. 그래서 에즈라의 흉상이 바닥에 놓여 있는 올가 럿지의 집에서 차를 마신 상황이 익숙하게 여겨졌다. 우리가 그 집의 왼쪽으로 돌아 2분가량 걸으니 어느새 폰다멘타 데글리 인큐라빌리(Fondamenta degli Incurabili, 불치환자의 터라는 뜻으로 작가가 이 책에서 만든 표현이다. 폰다멘타 자테레에 있는 16세기 병원 터를 의미한다—옮긴이)가 나왔다.

아, 언어의 오래된 연상력이여! 아, 실제보다 더 많은 내용을 암시할 수 있는 이 전설적인 능력이여! 아, 메티에의 이런저런 모든 것이여! 당연히 '불치환자들의 둑'은 정기적으로 인구조사를 시작한 세기의 다음 세기에 이 도시의 인구를 절반이나 앗아간 전염병인 흑사병을 떠올리게 한다. 그 이름은 느긋한 산책은커녕 석판 여기저기에 흩어져 있는, 말 그대로 숨이 꺼져가고 덮여 있고 옮겨지거나 배에 태워 보내지기를 기다리고 있는 가망 없는 환자들을 연상시킨다. 횃불들, 연기, 흡입을 막기 위한 면 마스크들, 사락거리는 수도승들의 코트와 의복들, 날아오르는 검은 망토들, 양초들. 서서히 장례식 행렬은 축제나 산책으로 바뀌어 간다. 그곳에서는 모두 가면을 써야만 하는데, 이 도시에서는 모두가 모두를 알기 때문이다. 여기에 더해 결핵에 걸린 시인들과 작곡가들, 여기에 더해 이 도시가 대책 없이 사랑에 빠진 저능한 신념이나 탐미주의를 좇는 남자들—그러면 둑은 제 이름을 얻게 될 것이고, 현실이 이름을 따라잡을 것이다. 그리고 여기에 더해 흑사병과 문학(특히 시와 특히 이탈리아 시) 사이의 상호작용은 문턱에서부터 꽤 복잡하다. 지하 지옥으로 내려간 단테의 여행은 성급한 매장과 뒤이은 영혼의 긴 여정이라는 전통적인 장치 면에서 본다면, 호메로스와 베르길리우스—《일리아드》와 《아이네이드》의 삽화적 정경들—만이 아니라 콜레라에 관한 중세 비잔틴 문학에도 빚을 지고 있다. 콜레라에 유린당하는 도시 주위에서 부산을 떨며 명계에 지나치게 충성하는 저승사자들은 툭하면 심하게 탈수된 몸을 먹잇감으로 점찍고 그 몸의 콧구멍에 입을 대고 남은 생명의 기운을 빨아들였다. 그러고 나서 그가 죽었고 매장해야 한다고 선언한다. 일단 지하로 내려가면 그 사람은 무한히 이어진 복도와 방을 지나며 자신이 부당하게 망자의 땅에 보내졌다고 애원하며 바로잡아 달라고 할 것이다. 착오를 바로잡은 후—대개는 히포크라테스가 진행하는 재판소에 출석한 후—저 아래의 수많은 복도와 방에서 마주친 사람들, 즉 왕들과 여왕들, 영웅들, 그가 살았던 시대에 좋든 나쁘든 유명세를 떤 뉘우치고, 체념하고, 반항하는 필멸자들에 대한 이야기를 가득 안고 돌아갈 것이다. 어디서 들어 본 이야기 아닌가? 음, 메티에의 연상력에 대해서는 이쯤 해 두자. 우리는 무엇이 무엇을 만들어내는지 알 길이 없다. 경험이 언어를 만드는가. 언어가 경험을 만드는가. 둘 다 상당히 많은 것을 만들어낼 수 있다. 사람은 심하게 아프면 온갖 종류의 결과와 전개 양상을 상상하지만, 우리가 아는 한 그것은 절대 일어나지 않는다.

이것이 은유적 사고인가? 그 대답은 '예'라고 나는 믿는다. 사람이 아플 때, 설령 가망이 없을지라도 치유되기를, 아픔이 사라지기를 희망할 때를 제외하고. 그러므로 질병의 결말은 은유의 결말이다. 은유—혹은 좀 더 넓게 표현하자면 언어 자체—는 대체로 열린 결말이고, 연속체를 갈망한다. 그 연속체를 사후세계라 부를 수도 있을 것이다. 다시 말해서 (말장난을 하려는 게 아니라) 은유는 치유할 수 없다. 그리고 이 모든 것에 당신을 더하라. 바람 부는 밤에 폰다멘타를 따라 한가로이 거니는 이 메티에 혹은 이 바이러스의 매개자—사실 세 번째를 위해 이를 날카롭게 다듬는 그 두 가지의 매개자—를. 그러면 당신은 당신이 안고 있는 질병의 성질과 관계없이 그 폰다멘타의 이름에서 병명을 알 수 있을 것이다.

이 도시에서 보는 겨울빛! 그 빛은 시력의 해상도를 현미경만큼 정확한 수준으로 높여주는 특별한 능력이 있다—특히 눈의 동공이 회색이나 겨자색을 띤 벌꿀색일 경우, 그 어떤 핫셀블라드 카메라의 렌즈를 무색하게 하며 그 후의 기억을 〈내셔널 지오그래픽〉에 실리는 사진의 선명도만큼 생생하게 드높인다. 하늘은 상쾌한 푸른색이다. 태양은 산 조르조 발치 아래 자신의 닮은꼴을 피해서 수많은 생선비늘로 뒤덮인 듯 잔물결이 이는 라구나의 수면 위를 뽐내며 걸어간다. 당신 뒤로 두칼레 궁전의 열주 아래 모피 코트를 입은 다부진 체격의 사람들이 당신만을 위해 〈아이네 클라이네 나흐트무지크〉를 연주하고 있다. 한편 당신은 하얀 의자에 털썩 앉아 넓은 광장의 체스판 위에서 비둘기들이 두는 미친 듯한 수를 가늘게 뜬 눈으로 바라보고 있다. 당신의 컵 바닥에 있는 에스프레소는 마치 반경이 1마일은 되는 검은 점 같다. 이곳에서는 정오마다 그렇다. 아침에 이 빛은 당신의 유리창을 감싸 안고 조개의 입을 벌리듯 당신의 눈을 연 후—공원이나 정원의 쇠살대를 막대기로 훑으며 달려가는 남학생처럼—기다란 빛줄기로 아케이드와 열주, 붉은 벽돌 굴뚝, 성인, 사자들을 따라 훑으며 당신을 앞서 달린다. "묘사해! 묘사하라고!" 그 빛은 당신을 카날레토나 카르파초나 과르디로 착각해 이렇게 소리친다. 아니면 당신의 머리가 그것을 흡수하는 능력은 말할 것도 없고, 당신의 망막이 그 풍경을 간직하는 능력을 신뢰하지 않기 때문이다. 어쩌면 뇌의 무능력이 동공의 무능력을 설명해 줄 것이다. 어쩌면 그것들은 동의어다. 어쩌면 예술은 단지 기억의 한계에 대한 유기체의 반작용이다. 어쨌든 당신은 지시에 복종해 뇌세포와 동공을 대신할 카메라를 집어 든다. 이 도시가 현금이 부족하면 도시는 코닥 사社에 지원을 요청하면 된다. 아니면 도시의 생산품들에 세금을 가혹하게 매기거나. 이렇게 보면, 이 도시가 존재하는 한, 다시 말해 겨울빛이 이 도시를 비추는 한 코닥 사의 주식은 최고의 투자가 될 것이다.

해가 저물 무렵에는 어느 도시나 다 아름답지만, 어떤 도시는 다른 곳보다 더 아름답다. 부조는 더욱 두드러지고, 기둥은 더욱 통통해지고, 둥근 지붕의 곡선은 더욱 둥글어지고, 처마의 돌림띠는 더욱 단호해지고, 첨탑은 더욱 냉혹해지고, 틈은 더 깊어지고, 사도들의 옷은 더욱 주름이 지고, 천사는 하늘로 날아오른다. 거리는 점점 어두워지지만 폰다멘타와 그 거대한 액체 거울에는 아직도 날이 저물지 않아서, 그 위를 지나는 모터보트와 수상버스, 곤돌라, 소형 보트, 바지선은 '흩어진 낡은 신발들처럼' 당신이든 지나가는 구름이든 어느 물그림자 하나 봐주는 법 없이 시샘하듯 바로크나 고딕 건물의 외곽을 밟아 뭉갠다. 그 병원 건물의 벽돌 벽과 딱 마주쳤거나 우주를 관통하는 긴 통로를 이동한 후 산 자카리아의 프론토네의 낙원에 있는 집에 도착한 겨울빛이 속삭인다. "그것을 묘사해." 그러면 당신은 지구가 빛을 향해 다른 쪽 뺨을 돌리는 동안 자카리아의 대리석 조개 위에서 한 시간가량 휴식을 취하는 그 빛의 피로를 감지한다. 이것은 가장 순수한 형태의 겨울빛이다. 그 빛은 온기도 에너지도 우주의 어딘가 혹은 적운 근처에 버리고 남겨둔 채 아무것도 옮기지 않는다. 빛의 입자가 품은 야망은 물체에 가닿고 그것을 크게 혹은 작게 보이게 만드는 것뿐이다. 그것은 티폴로나 틴토레토의 빛이 아니라 조르지오네나 벨리니의 빛, 즉 사적인 빛이다. 그리고 이 도시는 빛이 유래한 영원의 애무를, 빛의 손길을 음미하며 빛 안에서 머무른다. 물체 덕분에 우리는 빛이라는 무한함을 사유화할 수 있다.

그리고 그 물체는 사자의 머리를 하고 돌고래의 몸을 가진 작은 괴물일 수도 있다. 돌고래는 몸을 말고 사자의 머리는 송곳니를 악물 것이다. 그 괴물은 입구를 장식하거나 뚜렷한 목적도 없이 벽에서 튀어나올 수도 있다. 그러한 목적의 부재로 인해 괴물의 존재는 묘하게도 눈에 띈다. 어떤 직업을 갖고 어떤 나이가 되면 목적의 부재보다 더 눈에 잘 들어오는 것은 없다. 성별은 말할 것도 없고 두세 개의 특질이나 성질의 융합도 마찬가지다. 신화(이것은 원칙적으로 고전적인 초현실주의의 지위를 가져야만 한다)에서 우리에게 온 이 악몽 같은 괴물들—용, 가고일, 바실리스크, 여성의 가슴을 한 스핑크스, 날개 달린 사자, 케르베루스, 미노타우르스, 켄타우루스, 키메라—은 우리 종에 남아 있는 진화의 유전적 기억을 보여준다는 점에서 대체로 우리의 자화상이다. 물에서 튀어나온 이 도시, 바로 이곳에 그것들이 풍부하다는 사실은 놀랄 일이 아니다. 다시 말하지만, 그 괴물들은 프로이트와 관계가 없다. 잠재의식이나 무의식적인 것은 아무것도 없다. 인간사의 본성을 고려하면, 꿈의 해석은 기껏해야 낮의 빛과 어둠의 상관관계로만 정당화될 수 있는 동어반복에 불과하다. 그러나 이러한 민주주의적 원칙이 자연에서도 작동할지는 회의적이다. 그 자연에서는 그 무엇도 다수를 누리지 않기 때문이다. 형태와 물질을 때로는 부드럽게, 때로는 무시무시하게 엇갈리게 하며 자신을 포함해 모든 것을 비추고 굴절시키는 물조차도 마찬가지다. 그것이 바로 이 도시에서 만나는 겨울빛의 성격에 대한 설명이 될 것이다. 그것은 이곳이 케루빔을 비롯해 작은 괴물들을 좋아하는 이유이기도 하다. 아마 케루빔들도 인간종의 진화 단계일 것이다. 그 반대일 수도 있고. 왜냐면 이 도시에서 케루빔의 수를 세어보면 거주민보다 더 많을지도 모르기 때문이다.

그런데 괴물들은 인간의 관심을 더 많이 받는다. 괴물이라는 표현이 케루빔보다 더 자주 욕으로 쓰였기 때문일 것이다. 우리가 사는 세상에서 날개는 공군에 들어가야만 얻을 수 있기 때문이기도 하다. 사람은 죄책감만 있으면 대리석으로건, 청동으로건, 석고혼합물로건 뭐로 만들었건 괴물과 스스로를 동일시할 것이다―사람이 동일시할 대상은 산 조르조가 아니라 용이라는 사실은 조금도 과장이 아니다. 펜을 잉크병에 담그는 과정이 수반되는 일을 하다 보면, 사람은 그 둘과 자신을 동일시할 수 있다. 결국 괴물 없이는 성인도 없다―잉크가 문어의 먹물과 비슷한 것은 말할 것도 없고. 하지만 이러한 생각을 뒤집거나 왜곡하지 않아도, 이 도시는 사로잡힌 물고기들만 아니라 주위를 유유히 헤엄치는 물고기들의 도시라는 점은 분명하다. 그리고 물고기―물고기의 눈은 왜곡 현상을 일으킨다고 알려져 있으니 인간의 눈을 타고났다고 하자―의 눈에 비친 인간은 분명 괴물처럼 보일 것이다. 그것도 문어 같은 괴물이 아니라 다리가 넷인 괴물 말이다. 아무리 적게 잡아도, 물고기보다 훨씬 더 복잡한 뭔가일 것이다. 그러니 상어가 우리를 그렇게 뒤쫓아 오는 것도 놀랄 일이 아니다. 누군가 오라타(감성돔―옮긴이)―잡힌 것이 아니고 자유 상태의―에게 사람이 어떻게 생겼다고 생각하느냐 물으면 이렇게 대답할 것이다. 당신은 괴물이야. 그리고 그 목소리에 담긴 신념은 그 감성돔의 눈이 겨자색과 벌꿀색이 어우러진 것이라도 되듯 묘하게 익숙할 것이다.

그러므로 당신은 이런 미로를 돌아다닐 때는 자신이 목표물을 좇는 주체인지 또는 스스로에게서 달아나는 것인지, 자신이 사냥꾼인지 아니면 사냥꾼의 사냥감인지 절대 알 수 없다. 확실히 성자는 아니고 완전히 자라지 않은 용일 것이다. 테세우스일 리는 없고 처녀 제물이 고픈 미노타우루스일 리도 없다. 이런 가정에는 그리스 버전이 더 잘 어울린다. 왜냐면 살해자와 살해당하는 자가 핏줄로 이어져 있어서 승자가 아무것도 손에 넣지 못하기 때문이다. 결국 괴물은 승자와 부모 어느 한쪽이 같은 형제다. 어떤 경우건 영웅은 마침내 자신의 아내가 될 여자와 반쪽 형제인 것이다. 아리아드네와 파이드라는 자매였다. 우리도 알다시피 용감한 아테네인이 그 둘을 모두 가졌다. 사실 결혼을 통해 크레타의 왕가에 들어갈 속셈으로, 그 가문을 더욱 존경받게 만들기 위해 살인 의뢰도 받아들였을 것이다. 헬리오스의 증손녀들이므로 그 소녀들은 순수하고 빛나야 했다. 그들의 이름도 빛을 의미한다. 그래서 그들의 어머니조차 그토록 어두운 충동

을 모두 가졌지만, 그 이름은 '눈이 멀 정도로 환한'이
라는 뜻의 파시파에였다. 어쩌면 그녀는 그 어두운 충
동에 굴복해 정확하게 자연이 다수 원칙을 무시한다
는 사실을 증명하고 싶어서 황소와 정을 통했을 것이
다. 수소의 뿔이 달을 연상시키기 때문이다. 어쩌면 그
녀는 짐승과 정을 통하는 것보다 명암법에 더 관심이
있었으며 순전히 광학적 이유로 수소의 빛을 가렸을
수도 있다. 그리고 상징주의에 물든 혈통의 기원이 동
굴 벽화로까지 거슬러 올라가는 수소가 그때 다이달
로스가 파시파에를 위해 만들어 준 가짜 소를 착각할
정도로 눈이 보이지 않았다는 사실은, 인과관계에서
파시파에의 조상이 여전히 우위를 지키고 있다는 증
거이자 헬리오스의 빛이 파시파에를 통과하며 굴절되
었다고 하더라도, 그녀는—네 아이(훌륭한 두 딸과 아무짝
에도 쓸모없는 두 아들)를 낳은 후로도—여전히 눈이 부시
게 환하다는 증거이기도 하다. 인과관계의 법칙으로
보자면, 이 이야기의 주요 주인공이 엄밀히 말해 다이
달로스라는 점을 밝히지 않으면 안 된다. 다이달로스

는 매우 진짜 같은 소와는 별도로—이번에는 왕의 요청으로—수소머리를 가진 후손과 그를 죽이러 온 자가 어느 날 서로 마주쳐 수소머리 후손에게 재앙과 같은 결과를 준 그 미궁을 만든 사람이었다. 어떤 의미에서 보면, 이 모든 일의 원인은 다이달로스의 천재적 두뇌의 소산인 미궁이라고 할 수 있다. 왜냐면 미궁은 뇌와 똑 닮았기 때문이다. 어떤 의미에서 모든 사람은 서로 핏줄로 이어져 있다. 적어도 추적자와 쫓기는 자는 그렇다. 그러므로 거의 삼백 년 동안 가장 큰 식민지가 크레타섬이었던 이 도시에서 길을 잃고 거리를 헤맬 때면 신화 속 상황과 겹친다는 인상을 받는 것도 그리 놀랍지 않다. 특히 날이 저물어 갈 때면—즉, 파시파에와 아리아드네와 파이드라의 속성이 사라질 때면. 다시 말해 사람들이 자신에 대한 혐오감에 매몰되는 저녁때 말이다.

좀 더 밝은 면으로 보자면, 이 도시에는 당연히 수 많은 사자들이 있다. 그들은 날개가 있고 가지고 있는 책을 '평화가 함께 하기를, 복음사가 마르코'라고 적힌 페이지가 보이게 펼쳐 놓았거나 평범한 사자의 외모를 하고 있다. 엄격히 말해서 날개가 달린 사자는 괴물의 범주에도 속한다. 그러나 내 직업의 영향으로 보건대, 나는 늘 그들이 페가수스이되 그보다는 좀 더 기민하고 글을 읽고 쓸 줄 아는 괴물이라고 생각한다. 페가수스의 경우, 확실히 하늘을 날 수는 있어도 글을 읽는 능력은 더 의심스럽다. 어쨌든 사자의 앞발은 페가수스의 발굽보다 책장을 넘기는데 더 편리한 도구다. 이 도시에서 사자는 어디에나 있다. 오랜 세월 동안 나는 나도 모르게 이 토템에게 정을 느껴 그들 가운데 하나를 내 책의 표지에 싣기도 했다. 나와 같은 일을 하는 사람이 그의 모습을 가질 수 있는 최고의 방법 아니겠는가. 그러나 그들은 괴물이다. 해상력이 절정에 다다랐을 때조차 이 도시는 사자가 날개가 없는 상태로 사는 영토마저 다스린 적이 없었던 것을 감안

하면, 이 사자들은 모두 이곳의 환상의 산물일 테니 말이다. 복음사가 마르코를 보자면, 그는 당연히 이집트의 알렉산드리아에서 사망했으며—자연사였다—사파리는 한 번도 간 적이 없다. 일반적으로 기독교 국가는 사자와는 크게 관계가 없다. 사자는 기독교를 믿는 지역에서 거의 발견되지 않고 아프리카와 그곳의 사막지대에 살기 때문이다. 그런 사실로 인해 그 후 사자는 사막의 아버지라는 이미지와 겹쳐지게 되었다. 그게 아니라면 기독교인들은 로마 서커스에서 사자의 밥으로만 사자와 만날 수 있었다. 그 서커스의 사자들은 여흥을 위해 아프리카의 해안 지방에서 수입되었다. 사자들에 대한 낯섦—더 정확히 말하자면 존재하지 않음—을 핑계로 고대인들은 환상의 고삐를 놓아버린 채 그 동물에 다른 세계의 다양한 면을 부여했다. 그중에는 사자가 신과 교섭을 하는 이미지도 있었다. 그래서 베네치아 곳곳의 건물 전면에 복음사가 마르코의 영원한 휴식을 수호하는 말도 안 되는 역할로 이 짐승이 앉아 있는 게 그렇게 터무니없지는 않다. 교회가 아니어도 이 도시는 새끼 사자를 보호하는 암사자로 보일 수 있다. 게다가 이 도시는 교회와 국가가 비잔틴풍으로 완벽하게 융합되어왔다. 그러한 융합이 결국―꽤 초기부터―양쪽에 이득이 되었다는 사실이 드러난 유일한 예다. 그리하여 이 도시가 말 그대로 사자화 되었고, 사자도 사자화 즉, 인간화가 되었다는 사실은 전혀 놀랍지 않다. 어느 처마의 돌림띠나, 어느 출입구의 윗부분을 봐도 인간의 외모를 한 사자의 얼굴이나 사자의 이목구비를 갖춘 사람의 머리를 볼 수 있으니 말이다. 어쨌거나 그들은 괴물로 규정될 것이다(물론 이로운 괴물이기는 하지만). 둘 다 실제로 존재하지 않기 때문이다. 또한 그들이 성모나 구세주 예수 그리스도의 조각상을 비롯해 다른 어떤 조각상보다 수적으로 월등하기 때문이다. 한편으로는 사람의 형상보다 야수를 조각하는 편이 훨씬 쉽기에 그 수가 많은지도 모른다. 기본적으로 동물의 왕국은 기독교 예술계에서는 좋은 대접을 받지 못했다―교리는 말할 것도 없고 말이다. 그래서 이 도시의 '펠리다에'(사자를 포함하

는 고양잇과—옮긴이)는 이곳의 수많은 사자상을 인간과
동등해지기 위한 자신들만의 방식으로 여길지 모른
다. 겨울이면 그들이 인간의 새벽을 밝힌다.

언젠가, 회색 동공은 어두워져도 겨자색과 벌꿀색
이 어우러진 눈동자는 황금빛을 발하는 어스
름한 시간에, 그 황금빛 눈동자의 소유자와 내가 지아
르디니 근처의 폰다멘타 델아르세날레에 정박된 이집
트 군함—정확히 말하자면 경순양함—을 마주친 적
이 있다. 지금 군함의 이름은 기억나지 않지만, 그 배
의 모항은 분명히 알렉산드리아였다. 그 배는 대구경
총기는 말할 것도 없고 온갖 종류의 안테나와 레이더,
위성접시, 로켓 발사대, 방공포탑 등을 설치한 최신 군
함이었다. 멀리서 봐서는 어느 나라 군함인지 식별할
수 없었다. 가까이서 보더라도 당황스러웠을 것이다.
군복과 승조원들의 행동거지가 약간 영국식으로 보였
기 때문이다. 국기는 이미 내려져 있었고 호수 위의 하

늘은 보르도 와인색에서 짙은 반암색으로 변하고 있었다. 우리가 이 군함이 이곳에 온 목적을 궁금해하고 있는데—수리가 필요했을까? 베네치아와 알렉산드리아 사이에 새로운 밀월관계? 12세기에 알렉산드리아가 도둑맞은 성유물의 반환을 주장하기 위해?—느닷없이 군함의 확성기가 잠에서 깨어났고 이런 소리를 내보냈다. "알라! 아크바르 알라! 아크바르!" 기도시간을 알리는 사람이 승조원들에게 저녁 기도시간을 알렸고 선박에 달린 돛대 두 개는 순식간에 뾰족탑으로 변했다. 눈 깜짝할 사이에 순양함의 옆모습은 이스탄불이 되었다. 나는 지도가 갑자기 접히거나 역사책이 내 눈앞에서 탁 닫히는 느낌이 들었다. 적어도 그 순간 역사는 육백 년이나 짧아져 기독교는 더이상 이슬람의 연장자가 아니었다. 보스포루스 해협이 아드리아해와 포개지면서 어떤 파도가 어떤 바다의 파도인지 구별되지 않았다. 건축과 전혀 다른 경험.

겨울 저녁이면, 반대편 동쪽 바다에서 들어온 물로 모든 수로가 차오르고 가끔은 흘러넘치기도 한다. 그럴 때면 아무도 아래층에서 뛰어 올라오며 "배관에서 물이 새요!"라고 외치지 않는다. 아래층이 없기 때문이다. 도시는 발목까지 물이 차고 배들은 카시오도루스의 말을 인용하자면 "동물들처럼 벽에 붙어서" 돌아다닌다. 물의 시험에 든 순례자의 구두는 그의 호텔방 라디에이터 위에서 말려지고 있다. 현지인은 자신의 고무장화를 낚아 올리기 위해 옷장으로 뛰어든다. '아쿠아 알타.'(만조라는 뜻이지만 아드리아해 북부에서 발생하는 이상조위현상을 말한다. 이 현상으로 베네치아가 침수될 수도 있다—옮긴이) 라는 말이 라디오에서 흘러나오면 사람들의 통행이 줄어든다. 가게와 바, 레스토랑, 트라토리아가 문을 닫는다. 잠깐이지만 보도가 수로처럼 거울 같은 표면이 되면 오로지 가게 간판들만 자기애적 행위에 가담해 계속 불을 밝힌다. 그래도 교회는 계속 문을 열어놓는다. 그러다 보니 성직자에게도 교구민들에게도 물을 헤치고 걸어 다니는 일은 새로운 일이 아니다. 물과 쌍둥이인 음악에도 마찬가지다.

17년 전에 이 광장에서 저 광장으로 정처 없이 물을 헤치며 걷는데, 녹색 장화 한 켤레가 나를 자그마한 분홍색 건물의 입구로 데려다주었다. 그 건물의 벽에는 '조산아로 태어난 안토니오 비발디가 이 교회에서 세례를 받았다'라고 적힌 현판이 걸려 있었다. 그 시절 내 머리는 여전히 꽤나 붉은색이었다. 나는 많은 경우에 그리고 세상의 수많은 외진 곳에서 내게 크나큰 즐거움을 주었던 '붉은 머리 사제'(비발디는 성직자이기도 했다―옮긴이)가 세례를 받은 곳에 우연히 도착했다는 사실에 아련한 기분이 되었다. 그리고 그때 나는 이 도시에서 최초의 비발디 세티마나(비발디 주간―옮긴이)를 조직한 사람이 올가 럿지라는 사실을 떠올린 것 같다― 2차 대전이 발발하기 고작 며칠 전이었다. 누군가에게 들은 바로는, 그 행사는 폴리냑 백작부인의 저택에서 열렸으며, 럿지 양은 바이올린을 연주했다. 한참 연주를 하는데 어떤 신사가 연주회장으로 들어왔다가 빈자리가 없어서 문가에 서 있는 모습이 곁눈으로 얼핏 보였다. 그 곡은 길었다. 그리고 그녀는 다소 걱정이 되었다. 연주에 방해되지 않도록 재빨리 악보를 넘겨야 하는데, 그 대목이 머지않았기 때문이다. 그런데 아까 본 신사가 걷기 시작하더니 어느새 그녀의 시야에서 사라졌다. 악절은 점점 가까워졌고 그녀의 불안도 점점 커졌다. 그런데 악보를 넘겨야 할 바로 그 순간 왼편에서 손 하나가 나오더니 악보대로 가 천천히 악보를 넘겼다. 럿지 양은 계속 연주를 했다. 마침내 까다로운 악절이 끝나자 럿지 양이 감사한 마음을 표현하기 위해 왼쪽으로 고개를 들었다. "그렇게 해서," 올가 럿지가 내 친구에게 말했다. "처음으로 스트라빈스키(러시아의 작곡가―옮긴이)를 만났어."

그렇게 당신은 성당에 들어가서 미사 내내 서 있을지도 모른다. 찬송가가 살짝 힘이 없이 들릴 것이다. 어쩌면 날씨 탓일 수 있다. 당신이 이런 상황을 개의치 않을 수 있다면 분명 그곳의 신자들도 그럴 것이다. 한편 당신은 미사가 이탈리아어든 라틴어든 잘 따라갈 수 없다. 그래서 당신은 뒤편에 서 있거나 앉아서 듣기만 한다. 위스턴 오든(1907~1973. 영국 태생의 미국 시인—옮긴이)은 이렇게 말하곤 했다. "미사를 듣는 가장 좋은 방법은 그 언어를 모르는 것이다." 사실이다. 무지는 특히 순례자가 겨울에 모든 이탈리아의 성당에서 마주치는 형편없는 조명 못지않게 미사에 집중하도록 도와준다. 미사가 진행 중일 때 동전을 조명 박스에 넣는 행동은 좋지 않다. 어차피 그림을 충분히 감상하고 싶을 때면 유독 주머니에 동전이 없을 것이다. 옛날에 나는 강력한 '뉴욕시 경찰국 지급 손전등'을 가지고 다녔다. 나는 소형 전구를 만들면 부자가 될 수 있을 것으로 생각했다. 카메라에 단 것 같은 작은 전등으로 내구성이 뛰어나게 말이다. 나는 그 전구의 이름을 '오래 가는 섬광'으로 정했다. 아마 '빛이 있으라'가 더 좋았을 것이다. 그러면 2년 후 나는 산 리오나 살루테 어딘가에 아파트를 살 수 있을 것이었다. 심지어 나는 내 동업자의 비서와 결혼을 할 것이다. 물론 그 동업자는 존재하지 않기 때문에 동업자의 비서도 존재하지 않았다…. 음악이 잦아든다. 하지만 그 음악의 쌍둥이인 물이 차올랐고 당신은 밖으로 나가자마자 깨닫는다―많이는 아니더라도 이울어가는 찬송가에 대해 보상을 받은 것 같다고. 왜냐면 물도 여러 가지 면에서 합창과 같기 때문이다. 그것은 십자군들이나 상인들, 세인트 마르코의 유물들, 터키인들, 온갖 종류의 화물, 군함, 유람선을 데려간 바로 그 물이다. 무엇보다 그 물은 이 도시에 머물었던 사람은 말할 것도 없고 살았던 사람들을 모두 비추었다. 지금 당신이 하는 것처럼 거리를 산책했거나 침수된 거리에서 첨벙거리며 걸었던 사람들 모두를 말이다. 그 물이 낮에는 녹색의 진흙탕으로 보이고 밤에는 하늘에 필적할 만큼 칠흑처럼 보이는 것도 놀랄 일은 아니다. 천 년 넘도록 이쪽으로 저쪽으로 도시를 쓸고 다녔어도 물에 여전히 구멍이 없는 것은 기적이다. 당신이 절대 마시지는 않을 테지만 그것이 여전히 H_2O라는 것도 기적이고, 물이 계속 차오르는 것도 기적이다. 정말로 물은 가장자리가 해지고 끊임없이 연주되는 악보 같다. 그 악보에서 곤돌라가 바이올린의 목 부분인 것은 말할 것도 없고 조수가 오선지이고, 다리나 중간문설주가 달린 창문, 코두치 성당의 둥글고 흰 꼭대기들은 수많은 오블리가토(악곡에서 반드시 필요한 파트로 임의로 생략할 수 없음—옮긴이)이며 그 오블리가토가 모여 있는 수로들이 마디이다. 사실 온 도시는 특히 밤이면 은은하게 불을 밝힌 저택이라는 악보대가 있고, 끊임없이 합창하는 파도와, 겨울 하늘의 별 하나가 부르는 가성까지 갖춘 거대한 오케스트라처럼 보인다. 물론 그 오케스트라가 만드는 음악은 오케스트라보다 더 거대하고, 어떤 손도 악보를 넘겨줄 수 없다.

물이 차오르는 것, 그것을 오케스트라가, 좀 더 정확히 말하자면 그것의 지휘자들, 도시의 아버지들이 우려하고 있다. 그들의 계산에 따르면 이 도시는 이번 세기에만 23센티미터나 가라앉았다. 따라서 관광객들에게는 장관으로 보이는 것이 현지인들에게는 최대의 두통거리이다. 그것이 두통일 뿐이라면 괜찮을 것이다. 그런데 그 두통에 더해 바닷속으로 가라앉아버린 아틀란티스 대륙의 운명이 이 도시를 기다리고 있다는 우려까지 점점 커지고 있다. 공포에 휩싸인 수준은 아니어도 공포를 느낄만한 근거가 없지 않다. 어디에도 없을 이 도시의 특징이 자체의 문명이 되었기 때문만은 아니다. 겨울철 만조 수위가 가장 위험한 요소로 인식되고 있다. 그 외에도 라구나를 화학적 폐기물로 채우고 있는 본토의 산업과 농업, 그리고 베네치아의 꽉 막힌 수로 상태의 악화도 이 도시를 위협한다. 하지만 내 관점으로는 낭만주의 이래 재앙에 관한 한 인간의 잘못이 그 어떤 '포르차 델 데스티노'(운명의 힘—옮긴이)보다 그럴싸한 범인으로 보였다. (보험회사가 이 두 가지를 구별할 수 있다는 것은 실로 상상력의 위업이다.) 그리하여 나는 폭군과 같은 충동에 사로잡혀 인류의 바다를 막기 위해 일종의 플랩게이트를 설치하는 상상을 한다. 그 바다는 지난 20년 동안 20억 명이나 늘어났고 그 꼭대기에는 인간의 쓰레기를 이고 있다. 나는 산업과 라구나의 북부 해안을 따라 20마일 구역에 있는 주택지를 동결하고 이 도시의 수로들의 바닥을 준설할 것이다(군대를 동원해 이 작전을 수행하게 하거나 현지 기업들에게 두 배의 임금을 지불할 것이다). 그리고 그 수로의 물을 깨끗하게 유지하도록 물고기와 정확한 종류의 박테리아를 그곳에 풀 것이다.

어떤 물고기나 박테리아가 그런 작용을 하는지는 잘 모르겠다. 하지만 나는 그런 것들이 분명히 존재하리라 확신한다. 독재는 전문성과 결코 동의어가 아니다. 어쨌든 나는 스웨덴에 전화를 걸어 스톡홀름 시청에 조언을 요청할 것이다. 온갖 산업이 들어서 있고 주민들이 사는 그 도시에서는 호텔을 나서는 순간 연어가 물에서 뛰어올라 당신을 반긴다. 베네치아의 수온이 그 물고기에게 적합하지 않다면, 수로에 얼음 덩어리를 던져 넣거나 그도 안 된다면 정기적으로 주민들의 얼음 냉동고를 비우기라도 해야 한다. 이곳에서는 위스키가 심지어 겨울에도 별로 인기가 없으니 말이다.

"그런데 왜 그런 계절에 그곳에 가시나요?" 한 번은 자신이 데리고 있는 영국인 동성애자들과 함께 나온 내 편집자가 뉴욕의 중국식당에서 내게 물었다. "맞아요, 왜 그러세요?" 동성애자들이 자신들의 유명한 후원자의 질문을 메아리처럼 반복했다. "겨울의 베네치아는 어떤 모습이에요?" 나는 그들에게 '아쿠아 알타'에 대해, 침묵과 신혼부부의 푸석한 아침 얼굴에 둘러싸인 채 호텔에서 아침식사를 하려고 앉으면 창문에 어리는 다양한 색조의 회색에 대해, 건축을 향한 잠들어 있는 애정 속에서 도시의 바로크 건축물의 모든 곡선과 천장돌림띠를 돋보이게 하는 비둘기들에 대해, 실패로 끝난 북극 탐험길에서 죽어가며 마지막으로 보았을 세상과 비슷할 것 같은 색조인 이스트리아 돌로 조각되었으며 지금은 바그너와 카르두치(1835~1907, 이탈리아의 시인·비평가—옮긴이)를 벗 삼아 지아르디니 공원에서 상록수들이 사각거리는 소리를 듣고 있는 외로운 프란체스코 케리니와 그의 허스키 견 두 마리의 동상에 대해, 시로코(아프리카에서 불어오는 열풍—옮긴이)가 휘저어 놓은 눅눅한 무한대를 배경으로 까닥거리는 곤돌라의 노에 앉아 있는 용감한 참새에 대해 말해주려고 했다. 하지만 그들의 무력하면서도 열기에 취한 얼굴을 본 순간 마음을 바꿨다. 안 된다, 그건 안 될 말씀이다. "음." 내가 말했다. "수영하는 그 레타 가르보를 닮았어요."

이 도시에서 장기 체류를 하거나 짧게 머물렀던 그 오랜 세월 동안 나는 거의 같은 척도로 행복하기도 하고 불행하기도 했던 것 같다. 어느 쪽이냐는 중요하지 않다. 이 도시에 낭만적인 목적이 있어서가 아니라 일하기 위해, 작품을 마무리 짓고, 번역하고, 운이 허락한다면 시 두 편을 쓰기 위해, 그도 아니면 그저 머무르기 위해 왔기 때문이었다면 말이다. 즉, 신혼여행(내가 신혼여행에 가장 가깝다 할 여행을 했던 때는 오래전으로, 목적지는 이스키아 섬이나 시에나 어딘가였다)도 아니고 이혼여행도 아니었다. 그러므로 나는 일을 했다. 행복이나 불행은 마치 내 시중이라도 들겠다는 듯 나를 따라왔다. 물론 그들은 때로 내가 떠난 후에도 계속 머무르기도 했다. 오래전부터 나는 자신의 감정을 너무 심각하게 대하지 않는 태도가 미덕이라고 생각하게 되었다. 저 밖에 세상이 있다. 게다가 언제나 일은 충분하다. 결국 이 도시는 언제나 존재할 것이다. 이 도시가 존재하는 한 나든 그 누구든 낭만적인 비극에 현혹되거나 눈이 멀 사람은 없으리라 확신한다. 그날—내가 한 달 동안 이곳에서 홀로 지내다 떠나야 했던 날—을 지금도 기억한다. 나는 폰다멘테 누오베에서 가장 외진 곳에 있는 어느 작은 트라토리아에서 구운 생선과 와인 반병으로 막 점심을 먹었다. 그러고는 짐을 챙겨서 배를 타기 위해 그동안 머문 숙소로 출발했다. 나는 거대한 수채화에서 움직이는 작은 점이 되어 폰다멘테 누오베를 따라 사분의 일 마일가량을 걸은 후 조반니 에 파올로 병원을 끼고 오른쪽으로 돌았다. 그날은 따스했다. 해가 쨍하고 하늘은 파래서 어딜 보나 아름다웠다. 폰다멘테와 산 미켈레를 등진 채 병원의 벽을 부둥켜안고 왼쪽 어깨로 벽을 거의 쓸 듯하며 태양을 향해 눈을 찡그리는 순간, 나는 불현듯 깨달았다. 내가 고양이라고. 막 물고기 한 마리를 먹어치운 고양이. 그 순간 누가 나를 불렀다면 나는 '야옹'하고 대답했을 것이다. 나는 절대적으로 동물적인 감각의 차원에서 행복했다. 당연히 열두 시간 후 나는 뉴욕에 도착했고 내 인생에서 일어날 수 있는 최악의 난장판—아니면 당시에는 그런 식으로 보였다고 해야 할 난장판—과 마주쳤다. 그러나 그 고양이는 내 안에 머물렀다. 그 고양이가 아니었다면 지금쯤 나는 어느 비싼 병원의 벽을 올라가고 있을 것이다.

이 도시에서는 밤에 할 만한 일이 별로 없다. 오페라를 보러 가거나 성당에서 열리는 연주회에 참석할 수도 있지만 그러려면 약간의 의지와 일정의 조정이 필요하다. 표를 사고 일정을 잡는 것 같은 일 말이다. 나는 그런 일에 재주가 없다. 그것은 혼자

힘으로—아마도 점점 더 외로워지며—세 코스의 식사를 마련하는 것과 비슷하다. 게다가 내 운으로 말하자면, 라 페니체 극장에서 저녁을 보낼까 생각해볼 때마다 그곳에서 차이코프스키나 바그너—나는 두 작곡가 모두에게 똑같이 알레르기 반응을 일으킨다—주간이 진행될 정도다. 도니제티나 모차르트는 단 한 번도 없었다! 결국 내게 남은 선택지는 독서와 지루한 산책인데, 이 두 가지는 얼추 똑같다. 왜냐면 밤에 이곳의 돌이 깔린 좁은 골목길은 거대하고 잊힌 도서관의 서가들 사이로 난 통로와 비슷하며 두 곳 모두 조용하기 때문이다. 모든 '책'은 굳게 닫혀 있다. 당신은 초인종 아래, 책등에 적힌 이름으로만 어떤 책인지 짐작할 따름이다. 오, 바로 그곳에서 당신은 당신의 도니제티들과 로시니들을, 당신의 륄리(이탈리아 태생의 프랑스 작곡가—옮긴이)들과 프레스코발디(이탈리아의 작곡가이자 오르간 연주자—옮긴이)들을 찾을 수 있다! 어쩌면 모차르트도, 하이든도 찾을 수 있을 것이다. 이 골목길들을 도서관의 서가가 아니라 옷장의 선반들에 비유할 수도 있다. 옷들은 모두 검고 가죽으로 만들어져 있지만, 안감은 붉은색과 빛나는 황금색이다. 괴테는 이곳을 "비버 공화국"이라고 불렀지만, "un endroit ou il devrait n'avoir que des poissons"(물고기만 가져야 할 곳—옮긴이)이라고 단호하게 말한 몽테스키외가 좀 더 정확했다. 이따금 수로를 가로지르다 보면 조명이 환하게 켜져 있고 높고 둥근 모양에 면이나 튤 레이스로 만든 커튼으로 반쯤 가려진 창문 두세 개로 팔각형 샹들리에와 그랜드피아노의 옻칠 된 뚜껑, 호화로운 청동 액자에 걸린 적갈색이나 붉은색의 유화들, 천장의 들보에 걸린 금박 새장이 보인다—그러면 당신은 물고기를 비늘 사이사이까지 들여다보는 기분이 들 것이다. 그리고 그 물고기 안에서 파티가 열린다.

멀리서—수로 건너편에서— 당신은 누가 손님이고 누가 주인인지 알아볼 수 없다. 떠올릴 수 있는 가장 훌륭한 신조에 대한 합당한 존경심을 담아 말하노니, 나는 이 도시가 그 대단한 척삭동물에서만 진화했다고 생각하지 않는다. 그런 진화가 성공한 것이건 아니건 말이다. 나는, 처음에는 이 도시가 척삭동물에게 생명과 쉼터를 주었으며, 적어도 내게는 시간과 동의어인 원소에서 진화한 것이 아닐까 짐작했고 또 그렇게 주장했다. 그 원소는 다양한 형태와 색조를 갖추고 있고 아프로디테와 구세주에게는 없는 수많은 속성을 지니고 있다. 그곳에 사는 수생식물은 말할 것도 없고 잔잔함, 폭풍, 물마루, 파도, 포말, 잔물결 등을 가지고 있다. 내 마음속에서 이 도시는 그 원소가 만드는 온갖 무늬와 내용물을 모두 보여준다. 이 원소는 물방울을 튀기고, 반짝이고, 빛나고, 번득이면서 오랫동안 차올랐기에 마침내 원소의 어떤 측면들이 질량과 살을 얻고 단단하게 자라는 것이 당연해 보인다. 그 일이 왜 이곳에서 일어났는지, 나는 모른다. 그 원소가 이곳에서 이탈리아어를 들었기 때문일 지도 모르겠다.

눈은 우리 몸에서 가장 자율적인 기관이다. 그것은 눈의 관심을 끄는 물체들이 필연적으로 외부에 있기 때문이다. 거울을 보지 않으면 눈은 절대 자신을 볼 수 없다. 눈은 신체가 잠에 곯아떨어지는 순간 마지막으로 기능을 멈춘다. 신체가 마비나 죽음으로 고통을 받을 때도 내내 열려 있다. 눈은 그렇게 해야 할 뚜렷한 이유가 없을 때조차 그리고 어떤 상황에서도 현실을 계속 좇는다. 질문은 이렇다. 왜? 그리고 그 대답은 이렇다. 환경이 호전적이니까. 시력은 우리가 아무리 그것에 잘 적응한다고 해도 여전히 호전적으로 남아 있는 환경에 적응하는 도구다. 환경의 호전성은 당신이 그 환경에 머무는 길이에 비례해 늘어난다. 점점 늘어가는 나이에 대해서만 말하는 것이 아니다. 간단히 말해서 눈은 안전을 추구한다. 그런 성향을 생각하면 눈이 전반적으로 예술과 특별히 베네치아의 예술을 매우 좋아한다는 사실이 설명된다. 이것은 눈이 아름다움 그 자체의 존재뿐만 아니라 아름다움을 좋아하는 이유도 설명한다. 아름다움은 안전하고 그래서 눈이 위안을 얻기 때문이다. 아름다움은 당신의 목숨을 앗거나 아프게 만들겠다고 위협하지 않는다. 아폴로 입상은 물어뜯지도 않고 카르파치오의 푸들도 마찬가지다. 눈이 아름다움—다시 말해 위안—을 찾아내지 못하면 몸에 명령해 아름다움을 직접 만들게 하거나, 그마저도 안 되면 추함에서 미덕을 찾아내 그에 적응하게 한다. 아름다움을 창조할 때는 인간의 천재성에 기댄다. 추함에 의지할 때는 겸손에 기댄다. 겸손의 경우 공급이 훨씬 더 원활하며, 다수를 차지하는 것이 모두 그러하듯 법칙을 만드는 경향이 있다. 예를 들어보자. 여기 아가씨가 한 명 있다. 알 만한 나이가 되면 남자는 지나가는 아가씨들을 특별한 관심이 없어도, 꼬셔보려는 열망이 없어도 바라본다. 버려진 아파트에 스위치가 켜진 채 놓여 있는 TV처럼, 눈은 밝은 갈색 머리카락과 페루지노가 그린 듯한 타원형에 순한 눈빛의 눈, 풍만한 가슴, 개미 같은 허리, 진녹색의 벨벳 드레스, 면도날처럼 날카로운 힘줄로 완성된 5피트8인치(약 173센티미터—옮긴이)의 기적 같은 이미지를 계속 뇌로 보낸다. 눈은 누군가의 결혼식이 열리는 교회나 더 끔찍하게는 서점의 시 코너에서 그런 이미지를 바라본다. 원시가 심하거나 청각에 기대더라도, 눈은 그 사람이 누구인지(가령 아라벨라 페리 같은 숨 막히는 이름이 딸린 사람을) 알아볼 수 있고, 실망스럽게도 누구와 로맨틱한 관계를 맺고 있는지도 알 수 있다. 아무 쓸모없는 데이터라 하더라도, 눈은 계속 정보를 모은다. 사실 쓸모없는 데이터일수록 초점은 더 날카로운 법이다. 질문은 '왜'이고 그 대답은 '아름다움은 항상 외면적이기 때문에'이다. '아름다움은 언제나 예외'이기 때문이기도 하다. 눈을 큰 진폭으로 진동하거나—무인의 말투를 빌리자면—방랑하게 만드는 것은 아름다움—그 위치와 특징—이다. 왜냐면 눈이 머무는 곳에 아름다움이 있기 때문이다. 미감은 자기보호 본능과 쌍둥이이자 윤리보다 더 신뢰할 만하다. 미학의 주요한 도구인 눈은 절대적으로 자율적이다. 자율성에서 보자면 눈보다 우월한 것은 눈물밖에 없다.

이 도시에서 눈물은 몇 가지 경우에 나온다. 인간의 망막에 가장 좋은 방식으로 빛을 분배하는 것이 아름다움이라고 가정하면, 눈물은 눈물 자신만 아니라 망막도 그 아름다움을 붙잡지 못했다는 사실을 인정하기 때문에 흐른다. 대체로 사랑은 빛의 속도로 온다. 그리고 소리의 속도로 떠나간다. 빨랐던 속도가 느려지니까 우리의 눈에 물이 차오른다. 사람은 유한한 존재이기 때문에, 이 도시를 떠날 때면 항상 마지막인 것처럼 느껴진다. 이 도시를 두고 떠나는 것은 영원히 떠나는 것이다. 왜냐면 떠남은 다른 감각의 지역으로 눈을 추방하는 것이기 때문이다. 기껏해야 뇌의 얕고 깊은 틈으로 말이다. 눈이 자신이 속해 있는 신체가 아니라 자신의 관심을 끄는 대상과 스스로를 동일시하기 때문이다. 그리고 눈에게, 순전히 광학적인 이유로, 출발이란 몸이 도시를 떠나는 것이 아니라 도시가 동공을 내팽개치는 것이다. 마찬가지로 사랑하는 사람이 사라지고, 특히 그 과정이 서서히 일어날 때면, 누가 어떤 이유로 실제로 떠나는가와 상관없이, 슬픔이 찾아온다. 세상이 멸망하지 않는 한 이 도시는 언제나 눈의 사랑을 받을 것이다. 세상사 모든 것은 쇠락하기 마련이다. 눈물은 눈의 미래를 고대하고 있으리라.

확실히 누구나 이 도시에 대해 계획을 품고 있다. 정치가와 기업인들에게는 특히 돈보다 더 큰 미래는 없다. 그래서 돈이 미래와 동의어로 느껴지고 그 미래를 소유하려고 들 정도다. 바로 이런 태도에서 도시를 개조하려는, 베네토 전 지역을 중유럽으로 가는 관문으로 바꾸려는, 지역의 산업을 부흥하고 마르게라의 항만을 확장하고, 라구나의 유조선 운항을 늘리고 그 목적을 위해 라구나를 깊게 파고, 단테에 의해 불멸의 지위를 얻은 베네치아의 아르세날레를 가장 최근에 배출된 가래를 저장하기 위한 퐁피두 센터의 침을 뱉는―말 그대로―이미지로 바꾸고, 이곳에 2000년 엑스포를 유치하려는 부자들의 허황된 말이 나오는 것이다. 이런 헛소리는 생태와 보호, 복원, 문화적 유산인가 뭔가와 뒤섞여서 대개 같은 입에서, 대개 숨도 쉬지 않고 쏟아져 나온다. 이 모든 짓거리의 목적은 하나다. 강간. 하지만 강간범들은 잡히게 두지도 않을뿐더러, 스스로를 강간범으로 여기고 싶어하지도 않는다. 바로 여기에서 국회의원과 '코멘다토레'(중급 훈작사—옮긴이)의 술통 같은 가슴을 똑같이 부풀어 오르게 하는, 목적과 은유의 혼합물이자 고도의 수사학과 서정적 열정의 혼합물이 나온다.

돈이 있으면 장군보다 더 많은 대대를 거느릴 수 있다는 점에서, 이런 인물들이 터키인과 오스트리아인, 나폴레옹보다 훨씬 더 위험하지만—사실 더 해롭기도 하고—내가 이 도시를 자주 찾았던 지난 17년 동안이곳은 거의 변하지 않았다. 페넬로페의 경우처럼 베네치아를 이 자들의 손에서 구해준 사람은 경쟁자들이었다. 자본주의의 경쟁적 속성은 다른 정당들과 혈연관계가 있는 통통한 고양이들(배부른 자본가들—옮긴이)로 압축되었다. 서로의 기계에 스패너를 던지는 행위는 민주주의가 지독하게 잘하는 짓이고, 이탈리아 내각의 등 짚고 뛰어넘기는 이 도시를 위한 최고의 보험임이 증명되었다. 이 도시 자체의 정치적 직소 퍼즐

이 만드는 모자이크도 그러하다. 이 도시에는 더이상 총독이 없고 118개의 섬에 사는 8만 명의 주민들은 입에 풀칠이나 하고 살고자 하는 욕망에 따라, 장엄함을 갖춘 특별한 비전이 아니라 즉각적이고 대개는 근시안적인 관심사에 의해 움직인다.

하지만 이 도시에서 선견지명은 오히려 역효과를 낳는다. 이런 크기의 도시에서 스물이나 서른 명의 실직자는 시의회의 두통거리가 되는데, 이곳이 본토에 품고 있는 불신까지 가지 않더라도 시의회는 이런 두통거리가 있으면 본토의 청사진이 아무리 근사하다고 해도 제대로 들을 수가 없다. 그런 청사진이 다른 지역에서는 매력적으로 보일지라도, 대대적인 고용과 성장의 약속은 해양력이 절정에 달했을 때조차 총인구가 20만 명이 넘지 않았던, 둘레가 8마일이 될까 말까한 도시에서는 별 의미가 없다. 앞서 말한 약속에 가게 주인이나 어쩌면 의사 정도는 설레할지 몰라도 장의사는 반대할 것이다. 현지 묘지는 지금도 꽉 차서 망자를 본토에 매장해야 하기 때문이다. 그러니, 베네치아에게 본토는 딱 그 정도의 쓰임새다.

어쨌든 장의사와 의사가 서로 다른 정당에 속해 있다면 그것은 좋은 일이다. 모종의 진보를 거둘 수 있을 테니 말이다. 이 도시는 장의사와 의사가 같은 정당일 때가 잦고 그래서 상황은 금방 교착상태에 빠진다. 설령 그 당이 이탈리아 공산당일지라도 말이다. 간단히 말해서, 당사자들이 알든 모르든 이 모든 다툼의 이면에는 섬이 더이상 커지지 않는다는 단순한 진실이 있다. 바로 그것이 돈이, 다시 말해 미래가, 다시 말해 입만 산 정치가들과 배부른 자본가들이 손에 넣지 못하는 것이고 거머쥐는 데 실패한 것이다. 한술 더 떠서, 그들은 이 도시가 저항한다고 느낄 것이다. 왜냐면 정의상 기정사실인 아름다움은 미래를 허황되고 무기력한 현재나, 또는 희미해져 가는 현재의 기반으로 간주해 언제나 미래에 저항하기 때문이다. 이 도시가 현실이라면(아니면 누군가의 주장대로 과거라면), 미래는 미래라는 가명으로 불리는 것들과 함께 이 도시에서 추방될 것이다. 기껏해야 미래는 현재가 될 것이다. 그 무엇도 이것을 현대미술만큼 잘 증명할 수 없을 것이니, 현대미술의 빈한함만으로도 현재는 예언적이 된다. 가난한 사람은 언제나 현재를 옹호한다. 그러므로 구겐하임 같은 곳의 수집품과 이번 세기 들어 이곳에 일상적으로 쌓이는 그와 비슷한 물건들의 유일한 역할은 우리가 얼마나 싸구려에 자기주장만 하고 인색하고 일차원적인 무리로 변해 가는지 보여주는 것, 우리에게 겸손함을 서서히 스며들게 하는 것이다. 율리우스가 돌아올 기미는 보이지 않고, 보이는 것이라고는 바다뿐이어도 낮에는 천을 짜고 밤에 다 풀어버리는 페넬로페 같은 이 도시의 배경으로 다른 결과는 생각할 수가 없다.

이 물의 도시를 이길 수 있는 것은 공중에 지은 도시뿐이라는 말을 한 사람은 윌리엄 해즐릿(1778~1830, 영국의 비평가 겸 수필가—옮긴이)일 것이다. 그것은 칼비노의 소설에서나 볼 법한 풍경이다. 하지만 우주여행의 결과로 그런 일이 실현될지 누가 알겠는가. 이번 세기는 달 착륙 외에도 손대지 않고 내버려 둠으로써 이 도시를 온전하게 보존한 시대로 가장 잘 기억될 것이다. 나는 완곡한 간섭조차 거부하기를 조언한다. 물론 영화제와 도서박람회는 시로코가 읽을 동글동글한 낙서들이 어려 있는 반짝거리는 수로의 표면과 잘 어울린다. 게다가 이 도시를 과학연구의 수도로 변모시키는 것도 구미가 당기는 선택일 수 있다. 특히 인燐이 풍부하게 함유된 이 지역의 식사가 정신노동에 도움이 될 것을 고려한다면 더욱 그렇다. 똑같은 미끼는 유럽경제공동체(EEC)의 본부를 브뤼셀에서 이곳으로, 유럽의회를 스트라스부르에서 이곳으로 옮겨오도록 설득하는 데도 써먹을 수 있다. 그리고 당연하게도 이 도시와 근처 일부 지역에 국립공원의 지위를 부여한다면 더 좋은 해결책이 될 것이다. 그러나 나는 베네치아를 박물관으로 탈바꿈시키는 계획은 새로운 피를 끌어와 이곳을 재생하고 싶은 충동만큼이나 어처구니없다고 주장하는 바이다. 무엇보다 새로운 피로 통하는 것도 언제나 끝에 가서는 평범한 오래된 오줌이다. 게다가 이 도시는 그 자체로 예술작품으로, 우리 인간이 만들어 낸 최대의 걸작이기에 박물관이 되기에 적합하지 않다. 조각상은 말할 것도 없고 회화를 되살리지 마라. 그들을 그대로 두고 기물파괴자들—그 무리에 당신이 포함될지도 모른다—로부터 그것들을 보호하라.

계절은 현존하는 대륙에 대한 은유이며 겨울은 이곳에서조차 언제나 남극을 떠올리게 하는 구석이 있다. 베네치아는 예전만큼 석탄을 많이 쓰지 않고 대신 가스에 의존하고 있다. 성모와 십자가에 못 박힌 예수의 배경에 빠지는 법이 없는, 중세의 총포를 닮은 웅장하고 나팔 같은 굴뚝들은 이곳의 스카이라인에서 서서히 부서져 사라지는 중이다. 그 결과 당신은 양모 양말을 신은 채 덜덜 떨며 잠자리에 든다. 왜냐면 이 도시에서는 호텔에서조차 라디에이터가 불규칙하게 작동하기 때문이다. 슬리퍼를 신었든 안 신었든, 구두를 신었든 안 신었든 대리석 바닥에 발을 내려놓을 때 당신의 몸을 관통하는 극지방의 번개는 오로지 술만이 흡수할 수 있다. 저녁에 일을 한다면, 양초로 파르테논 신전을 불 밝히라—분위기나 더 밝은 빛이 아니라 환상의 온기를 얻기 위해서다. 아니면 부엌으로 가서 가스스토브를 켜고 문을 닫아라. 모든 것에서 한기가 뿜어져 나오는데 벽이 가장 심하다. 창문은 신경 쓰지 마라. 어차피 그들에게서 무엇을 기대하겠는가. 사실 창문은 한기를 통과시키기만 할 뿐이고, 벽은 한기를 가둔다. 어느 해에는 파바의 성당 근처에 있는 아파트 5층에서 1월 한 달을 지냈다. 그 아파트의 주인은 다름 아닌 우고 포스콜로(1778~1827, 이탈리아의 시인—옮긴이)의 후손이었다. 그 후손은 삼림공학자인지 뭔지였고 당연히 일 때문에 그곳에 살지 않았다. 그 아파트의 내부는 그리 크지 않았다. 방 두 개에 가구라고는 거의 없었다. 하지만 천장이 몹시 높았고 그에 맞춰 창문도 높았다. 모서리 집이라 그런 창문이 예닐곱

개쯤 되었다. 둘째 주에 난방기가 고장났다. 이번에는 혼자가 아니었다. 나와 내 전우는 누가 벽 쪽에서 잘지를 정하기 위해 제비뽑기를 했다. "왜 내가 항상 벽으로 가야 하는 거야?" 그녀가 제비를 뽑기 전에 물었다. "내가 포로라서?" 졌다는 사실이 믿기지 않는다는 듯 그녀의 겨자색에 꿀색이 뒤섞인 눈빛이 짙어졌다. 그녀는 그날 밤을 보내기 위해 몸을 둘둘 감싸고—분홍색 양모 저지와 목도리, 스타킹, 긴 양말—"우노, 두에, 트레!"라고 외치더니 침대가 시커먼 강물이라도 되듯 훌쩍 뛰어들었다. 이탈리아 로마 출신에 그리스인의 피가 혈관을 세차게 흐르는 그녀에게는 정말로 그랬을지 모른다. "내가 단테에게 동의할 수 없는 유일한 점은 말이지." 그녀는 이렇게 말하곤 했다. "지옥을 묘사하는 방식이야. 내게 지옥은 추운 곳이거든. 매우 추운 곳. 나도 지옥을 뱅뱅 돌게 하겠지만 그곳을 얼음천지로 만들 거야. 그리고 한 번 돌 때마다 온도가 뚝 떨어지는 거지. 지옥은 북극이야." 그녀는 진심이었다. 목도리로 목과 머리를 칭칭 감은 그녀의 모습은 흡사

지아르디니 공원에 있는 프란체스코 케리니 동상이
나 그 유명한 페트라르카(그는 내게 몬탈레의 이미지다—아
니면 그 반대거나)의 흉상 같았다. 그 집에는 전화가 없었
고, 시커먼 하늘 위로 솟은 튜바 같은 굴뚝들이 서 있
었다. 그 모든 상황이 〈이집트로 피신하는 성가족〉에
묘사된 모습처럼 느껴졌다. 그녀가 여인과 아이 역을
모두 하고 나는 물론 당나귀였다. 어쨌든 때는 1월이
었다. "과거의 헤롯과 미래의 파라오 사이." 나는 이렇
게 혼잣말을 하곤 했다. "헤롯과 파라오 사이, 그곳에
우리가 있다." 결국 나는 앓아눕고 말았다. 한기와 습
기가 나를—더 정확히 말해서 수술로 엉망이 된 내 가
슴 근육과 신경을—공격했다. 내 안에서 제 기능을 못
하는 심장이 공포에 빠졌고 그녀는 기어이 나를 파리
행 기차에 태웠다. 내가 조반니 에 파올로의 외관을 아
무리 흠모한다고 해도, 우리는 그 지역 병원에 대해 영
확신이 없었기 때문이다. 객차는 따뜻했고, 내 머리는
심장약 때문에 여러 갈래로 분열되었고, 객실에 탄 한
무리의 저격병들은 키안티(투스카니 지방의 포도주—옮긴

이)와 대형 휴대용 라디오를 들고 휴가를 축하하는 중이었다. 나는 파리까지 살아서 갈 수나 있을지 자신이 없었다. 하지만 내 공포의 발목을 잡은 것은 언젠가―아마도 일 년 후―어떻게든 갈 수 있다면 나는 반드시 헤롯과 파라오 사이의 그 추운 도시로 되돌아갈 것이라는 선명한 감각이었다. 객차의 나무 의자에 옹송그리고 앉아 있던 그 순간에도 나는 이런 감각이 터무니없다고 생각했다. 그러나 내 공포를 꿰뚫어 보게 도와준다면 터무니없는 생각이라도 환영이었다. 기차가 굴러가며 쉬지 않고 발생하는 진동이 내 근육을 재배치했는지 아니면 더 엉망으로 만들었는지 모르겠지만, 어쨌거나 내 몸은 그곳에서 휴식을 얻었다. 아니면 객차의 따스함이 효과를 발휘했을 수도 있다. 어쨌든 나는 파리에 무사히 도착해 그런대로 괜찮은 심전도 결과를 받고 미국으로 돌아가는 비행기에 탑승했다. 다시 말해, 살아서 그 이야기를 할 수 있었고 그 이야기는 반복되었다.

안나 아흐마토바(1889~1966, 러시아의 시인—옮긴이)

는 이렇게 말했다. "이탈리아는 당신이 남은 평생 계속 되돌아갈 꿈이에요." 하지만 이 점은 짚고 넘어가야 한다. 그 꿈은 불규칙적으로 오며 그 해석은 하품이 날 정도다. 게다가 꿈에 어떤 장르를 부여해야 한다면 문체상 주요한 기교장치는 의심의 여지 없이 '불합리한 추론'이 될 것이다. 그렇다면 적어도 지금까지 이 글들에서 드러난 일들을 정당화할 수 있을 것이다. 또한, 그 세월 동안 내 무의식만큼 잔인하게 내 초자아를 다루면서 그 꿈이 반복되도록 애쓴 내 노력도 설명이 될 것이다. 거칠게 말해서, 나는 꿈이 내게 돌아오게 하기보다 내가 그 꿈으로 계속 돌아갔다. 아니나 다를까, 그동안 나는 이런 종류의 폭력에 대해 대가를 치러야 했다. 내 현실을 구성하는 것을 서서히 무너뜨리거나 그 꿈에 필멸의 특성을 부여한 것이다. 영혼이 일생에 걸쳐 그러하듯이. 나는 두 가지 방식으로 다 대가를 치른 것 같다. 어느 쪽이든 상관은 없지만, 특히 후자의 방식으로 대가를 치렀는데, 그것은 내 지갑

속 정기승차권(1988년 1월 만료)이나 특별한 색깔의 눈에 깃든 분노(같은 날 더 좋은 장소를 본)나, 또는 이런 것들과 똑같이 유한한 형태를 지녔다. 현실은 좀 더 고통스러웠다. 그래서 종종 나는 집으로 돌아가는 길에 역사에서 인류학으로 여행하는 확실한 느낌을 품고 대서양을 건너곤 했다. 이 도시에서 내가 흘리거나 쏟아부은 그 모든 시간과 피, 잉크, 돈, 그 외 모든 것에도 불구하고, 나는 내가 이 도시의 특질을 습득했다고, 미미한 방식으로라도 내가 베네치아인이 되었다고 나 자신에게조차 자신 있게 선언할 수 없었다. 호텔 직원이나 트라토리아의 주인이 나를 알아보며 짓는 희미한 미소는 의미가 없었다. 내가 이 도시에서 산 옷을 입는 것으로는 아무도 속아 넘어가지 않았다. 점차 나는 내가 그 도시에서 머무는 꿈이 점점 실망스러워진다는 사실을 받아들이지 못한 채 꿈에서건 꿈 밖에서건 단기 체류자가 되어 버렸다. 그런 것에는 익숙했다. 다만 사랑에 응답을 받는다는 보장도 없이 매년 겨울 사랑하는 장소로 돌아간다면, 그 신의는 입증될 수 있으리

라. 왜냐면 다른 미덕처럼 신의도 이성적이라기보다 본능적이거나 색다른 경우에만 가치가 있기 때문이다. 게다가 특정한 나이에 특정한 일을 하고 있으면 그 사랑을 되돌려 받는 것이 꼭 필요한 것도 아니다. 사랑은 자아가 없는 감정이고 일방통행로이다. 그래서 도시나 건축 그 자체를, 음악이나 죽은 시인들을, 또는 특별한 기질이 있는 경우 신을 사랑할 수 있는 것이다. 사랑은 반영과 그 반영의 대상 사이의 연애이기 때문이다. 이 반영이 결국 당신을 이 도시로 향하게 한다. 조류가 아드리아해를 몰고 오고, 더 나아가 대서양과 발트해를 몰고 오듯이. 어쨌든 대상은 질문하지 않는다. 바다가 존재하는 한, 그것들의 반영은 사라지지 않는다—돌아오는 여행객의 모습이건, 꿈의 모습이건. 왜냐면 꿈은 감은 눈에 대한 신의이기 때문이다. 비록 우리가 물의 일부라고 해도 그 신의는 우리 종족에게 부족한 종류의 자신감이다.

이 세상에 장르를 부여한다면 문체상의 주요한 기교장치는 의심의 여지 없이 물이 될 것이다. 그런 일이 일어나지 않는다면, 전지전능한 신도 별다른 대안이 없거나 생각 그 자체가 물의 무늬를 따라 움직이기 때문일 것이다. 사람의 필체도 그렇다. 감정도 그렇고, 혈액도 그렇다. 반영은 액체로 된 물질이 지니는 속성이다. 그래서 비가 와 나가지 못하는 날조차 우리는 유리 뒤에 섬으로써 자신의 신의가 유리보다 우위에 있다는 사실을 입증할 수 있다. 이 도시는 어떤 날씨에도 사람의 넋을 빼놓지만, 정작 날씨의 변화 폭은 다소 제한적이다. 만약 우리가 실제로 부분적으로 물과 동의어이고 그 물이 시간과 완전히 동의어라면, 이 도시를 향한 우리의 감상적 태도는 미래를 개선할 것이고, 우리가 오래전에 사라져버린 때를 대비해 우리의 반영을 저장하고 있는 시간의 아드리아해나 대서양의 미래에도 공헌할 것이다. 가장자리가 해진 세피아색 사진들로 콜라주를 만들듯, 시간은 그 반영들로 콜라주를 해 새 미래형을 만들어낼 수 있을 것이다.

그리고 그 미래는 반영들이 없는 것에 비해 훨씬 더 나을 것이다. 이런 식으로 본다면 우리는 모두 베네치아인이다. 왜냐면 저 밖, 베네치아의 아드리아해나 대서양이나 발트해에는 물이라는 가명을 쓴 시간이 이 도시를 향한 사랑이라는 가명을 쓴 우리의 반영들을 실삼아 코바늘뜨기를 하건 천을 짜건 어디에도 없을 무늬를 만들기 때문이다. 마치 연안의 섬들에서 마주치는, 검은 옷을 입은 채 눈이 망가질 정도로 레이스 뜨기에 영원히 빠져 있는 쇠약한 늙은 여인들처럼 말이다. 그 여인들은 쉰 살도 되기 전에 눈이 멀든지 미쳐버린다. 하지만 그들의 자리는 딸과 조카들이 대신할 것이다. 파르카(운명의 세 여신. 노나, 데키마, 모르타가 각각 운명의 실을 뽑고, 나눠주고, 끊는데, 이것은 탄생과 죽음을 의미한다—옮긴이)는 어부들의 아내들에게 일자리를 찾는다고 광고를 낼 필요도 없을 것이다.

이곳 사람들이 절대 하지 않는 일이 바로 곤돌라 타기다. 우선, 곤돌라 탑승료가 비싸다. 외국인 관광객들과 부유한 사람들만이 그 비용을 감당할 수 있다. 그래서 곤돌라의 승객들이 주로 중장년층인 것이다. 칠십 대가 교사 봉급의 십 분의 일을 눈 하나 깜짝하지 않고 쓸 수 있다. 이런 노쇠한 로미오들과 그들의 곧 쓰러질 것 같은 줄리엣들의 모습은 섬뜩하다고는 할 수 없지만 언제 봐도 서글프고 당황스럽다. 젊은이들에게, 다시 말해서 이런 종류의 일이 더 잘 어울리는 사람들에게 곤돌라는 오성급 호텔만큼이나 손이 닿지 않는 곳에 멀리 떨어져 있다. 물론 경제는 인구변동을 반영한다. 그러나 그 점이 두 배로 슬프다. 왜냐면 아름다움이 세상에 대한 약속이 되기는커녕 세상의 보상으로 몰락했기 때문이다. 덧붙여 말하자면, 이런 상황 때문에 젊은이들은 결국 자연으로 내몰린다. 공짜이거나 더 정확히 말해서 저렴한 자연의 즐거움들은 예술이나 기술에 있는 의미와 창조가 없다―즉, 텅 비어 있다. 자연의 풍광이 황홀하기는 하지만 롬바

르디니의 외관은 보는 이에게 무엇을 할 수 있는지 알려준다. 그리고 그런 외관을 감상하는 한 가지 방법—원래의 방법—은 곤돌라에서 보는 것이다. 그러면 물이 보는 것을 볼 수 있기 때문이다. 물론 일상에 허덕이고 분주하게 돌아다니느라 주위의 아름다운 풍경을 볼 짬이 없거나 그것에 알레르기를 일으키는 이 도시의 주민들 관심사에서 이것보다 더 동떨어진 것도 없을 것이다. 그들이 곤돌라를 타는 행위에 가장 근접한 것은 카날 그란데를 가로지르거나 다루기 힘든 가구—이를테면 세탁기나 소파—를 집으로 옮기려고 여객선을 탈 때이다. 하지만 여객선의 선원도 곤돌라의 주인도 배를 타고 〈오 솔레 미오〉를 부르지는 않는다. 아마도 현지 주민의 무심함은 세공물이 자신의 반영에 무심한 것에서 비롯되었을 것이다. 이런 논리가 현지인이 곤돌라를 멀리하는 최종적인 논거일 것이다. 그 주장은 야간의 곤돌라 승선 제안으로 반박될 수 있다는 사실을 제외하면 말이다. 내가 언젠가 그런 제안을 받고 냉큼 받아들인 것처럼.

그날 밤은 추웠고 달빛이 교교했고 주위가 고요했다. 곤돌라에 탄 사람은 선주를 비롯해 다섯 명이었다. 현지의 엔지니어였던 선주와 그의 여자 친구가 함께 노를 저었다. 우리를 태운 배는 머리 위로는 휑하고 텅 비었으며 그렇게 늦은 시각이면 방대하고 거대한 사각형 산호초나 사람이 살지 않는 작은 동굴이 연속해 있는 모습을 연상시키는 고요한 도시를 뱀장어처럼 느릿느릿 굽이굽이 지나갔다. 기묘한 느낌이 들었다. 늘 힐끔 보기만 했던 곳─수로─을 돌아다니고 있으니 말이다. 마치 또 다른 차원을 얻은 듯한 느낌이었다. 그날 우리는 라구나로 미끄러지듯 나아가 망자의 섬인 산 미켈레를 향해 갔다. 구름의 발판 표시로 그려진 놀라울 정도로 높은 시 음표처럼 그날따라 유독 높이 뜬 달은 수면이라는 악보에 거의 모습을 드러내지 않았다. 그리고 곤돌라는 아무 소리도 내지 않고 미끄러져 갔다. 곤돌라의 유연한 몸체가 소리도 흔적도 없이 물 위를 미끄러져 가는 그 길에는 어딘지 유난히 에로틱한 면이 있었다─당신의 손바닥이 마치 연인의 매그러운 피부를 미끄러져 내려가는 것 같았다. 에로틱하다는 것은 아무런 결과가 없기 때문이고, 피부가 무한하고 거의 움직이지 않기 때문이고, 애무가 추상적이기 때문이었다. 우리를 태운 곤돌라는 살짝 무거웠을 것이다. 그리하여 물은 곤돌라가 지나가는 수면에 순간적으로 굴복했지만 바로 다음 순간 원래대로 돌아왔다. 게다가 곤돌라는 남자와 여자의 힘으로 움직였으므로 남성적이지도 않았다. 사실 그것은 남녀가 아니라 물의, 즉 고르게 옻칠을 한 듯한 검은 수면과 완벽하게 합을 이루는 요소들의 에로티시즘이었다. 그 감각은 남자 형제가 여자 형제를 애무하거나 그 반대의 상황에 있는 것처럼 근친상간에 가까울 정도로 중성적이었다. 이런 식으로 우리는 망자의 섬을 한 바퀴 돌고 다시 카나레조로 돌아갔다…. 교회는 밤에도 문을 열어놔야 한다고 나는 늘 생각했다. 적어도 마돈나 델 오르토 대성당은 그래야만 한다—영혼이 가장 고통받는 시간이기 때문이 아니라 그곳에 벨리니의 아름다운 〈마돈나와 아이〉가 있기 때문이다. 나는 그곳에서 내려 그 그림을, 마돈나의 왼쪽 손바닥과 아이의 발바닥 사이의 거리인 1인치를 몰래 보고 싶었다. 그 1인치―아, 너무 좁다!―가 사랑과 에로티시즘 사이의 거리다. 어쩌면 그것이 에로티시즘의 극치일지도 모른다. 하지만 대성당은 닫혀 있었고 우리는 작은 동굴들의 터널을 통과하고, 전기 금속의 불꽃이 가끔 파바박 튀는 버려지고 평평하고 달이 빛나는 피라네시(18세기 이탈리아의 건축가이자 판화가로 〈상상의 감옥〉 연작을 남겼다―옮긴이) 광산을 통과해 이 도시의 심장으로 향했다. 이제 나는 물이 물의 애무를 받을 때 어떤 느낌이 드는지 알게 되었다.

우 리는 콘크리트 상자 같은 바우에르 그륀발트 호텔 근처에서 내렸다. 그 호텔은 2차 대전 중 독일군 사령부의 거처로 사용되었기에 전쟁 막바지 무렵 현지 파르티잔들의 폭탄에 날아가버렸고 종전 후 재건된 곳이다. 흉물인 이 호텔은 산 모이세 성당

—베네치아에서 가장 분주한 건물—과 아주 잘 어울린다. 두 건물이 함께 있는 모습은 알베르트 슈페어(독일의 정치가이자 건축가였으며 히틀러의 측근으로 뉘른베르크 전범재판에 회부되어 20년 형을 선고받았다—옮긴이)가 피자 카프리초사(이탈리아의 대표적인 피자 중 하나—옮긴이)를 먹고 있는 것처럼 자연스럽다. 나는 그 성당에도, 그 호텔에도 한 번도 들어가 보지 않았지만, 이 상자 같은 건물에 머물며 그곳을 몹시 편안하게 여겼던 독일 신사 한 명을 알고 있다. 그는 이곳에서 휴가를 보내는 중에도 와병 중인 어머니와 매일 전화 통화를 했다. 어머니가 돌아가시자, 그 신사는 그 전화 수신기를 자신에게 팔라고 호텔에 부탁했다. 호텔은 그 심정을 이해해 수신기 비용을 청구서에 포함했다. 그러나 그는 분명히 개신교 신자였고 산 모이세는 가톨릭 성당이었다. 야간에 문을 꼭 닫아놓는 것은 말할 것도 없고 말이다.

각자의 집에서 등거리에 있는 이곳은 그 어느 곳보다 곤돌라에서 내리기 좋은 장소였다. 방향과 관계없이 이 도시를 걸어서 가로지르는 데 한 시간가량 걸린다. 당연히 이 도시의 지리를 잘 안다는 전제이고, 그날 밤 그 곤돌라에서 내렸을 때 내가 그랬다. 우리는 작별인사를 나누고 각자의 길을 갔다. 나는 지친 몸을 이끌고 주위를 두리번거릴 생각도 하지 않고 "이 마을을 약탈하라"나 "이 도시는 동정을 받을 자격이 없어" 같은 어디서 들었는지도 모를 구절을 중얼거리며 호텔로 걸어갔다. 위스턴 오든(1907~1973, 영국의 시인—옮긴이)의 초기 시처럼 들렸지만 그건 아니었다. 문득 나는 술이 마시고 싶어져서 카페 플로리언이 아직 열렸기를 바라며 발길을 산 마르코 광장으로 돌렸다. 그곳은 영업을 마감하는 중이었다. 직원들이 아케이드에 나와 있던 의자들을 들여놓고 창문에 나무판자를 끼우고 있었다. 나는 퇴근하려고 옷을 다 갈아입은 웨이터를 구슬려 원하는 결과를 얻었다. 그는 나와 안면이 조금 있었다. 나는 그 결과물을 손에 든 채 아케이드로 나와 광장을 훑어봤다. 그곳은 텅 비어 있었다. 그 광장의 둥근 창문 사백 개가 이상적인 파도처럼 질서정연하게 뻗어 있었다. 이 광경을 보면 언제나 로마의 원형경기장이 떠올랐다. 내 친구는 그곳에서 누군가 아치를 발명했고 멈출 수가 없었던 거라고 말하곤 했다. "이 마을을 약탈하라." 나는 여전히 이 소리를 중얼거렸다. "이 도시는…." 안개가 광장을 삼키기 시작했다. 그것은 고요한 침략이었지만, 침략은 침략이다. 나는 안개의 창槍들이 라구나가 있는 방향에서 중기병대를 앞지르는 보병들처럼 조용하지만 몹시 신속하게 이동하는 모습을 지켜보았다. "조용하지만 몹시 신속하게." 내가 중얼거렸다. 이제는 그들의 우두머리 '안개왕'이 영광스러운 적운을 휘감은 채 어느 모퉁이를 돌아 모습을 드러내더라도 전혀 놀라지 않을 정도였다. "조용하지만 몹시 신속하게." 나는 다시 중얼거렸다. 이번에야말로 오든의 〈로마의 몰락〉의 마지막 연이었다. '완전히 다른 곳'은 바로 이 도시였다. 문득 나는 오든이 내 뒤에 있는 기척을 느꼈다. 그래서 최대한 빨리 몸을 홱 돌렸다. 환하게 불을 밝혔고 판자로 가리지 않은 플로리언의 크고 매끈한 창문이 안개 사이로 흐릿하게 빛을 발했다. 나는 그곳으로 다가가 안을 들여다보았다. 그 안에, 1950년대의 어느 해였을까?, 크레믈린 술병과 찻주전자들이 놓여 있는 작은 대리석 탁자 주위에 있는 고급스러운 붉은 긴 소파에 오든이 앉아있었다. 그만 아니라 그의 평생의 사랑이 었던 체스터 칼맨(1921~1975, 미국의 시인이자 번역가. 오든과는 스승과 제자로 만나 연인이 되었다—옮긴이)과 세실 데이 루이스(1904~1972, 영국의 시인으로 오든과 스펜더와 함께 반파시즘 운동에 가담했고 니콜라스 블레이크라는 필명으로 추리소설을 썼다—옮긴이) 부부, 스티븐 스펜더(영국의 시인—옮긴이) 부부도 있었다. 오든이 재미있는 이야기를 들려주었고 모두가 웃었다. 이야기가 한참 이어지는데 체격 좋은 선원 한 명이 창가를 지나갔다. 그러자 체스터가 벌떡 일어나더니 "또 봅시다" 같은 말도 없이 얼른 그 선원의 꽁무니를 쫓았다. "위스턴을 봤어." 몇 해 후 스티븐이 내게 말해주었다. "그 친구는 연신 웃음을 터트리는데도 눈물이 볼을 타고 흐르더군." 바로 그때 내 눈에서 창문이 깜깜해졌다. 안개왕이 광장에 입성해 타고 있던 종마의 고삐를 잡고 하얀 터번을 풀기 시작했다. 왕이 신은 장화는 축축하게 젖어 있었다. 그의 기병대도 마찬가지였다. 왕의 망토에는 흐릿하게 빛나는 보석 같은 등불들이 달려 있었다. 그가 그런 망토를 입은 것은 그때가 어느 해인지는 말할 것도 없고 어느 세기인지도 알지 못했기 때문이다. 하지만 안개의 왕일 뿐인 그가 어떻게 알 수 있겠는가.

다시 한번 말한다. 물은 시간과 같고 시간보다 두 배나 많은 아름다움을 선사한다. 물이 몸의 일부인 우리도 물처럼 아름다움을 선사한다. 물에 쏠리면서 이 도시는 시간의 용모를 좋게 만들고 미래를 아름답게 만든다. 그것이 바로 이 우주에서 이 도시가 담당한 역할이다. 이 도시가 이동하지 않기 때문에 우리가 이동한다. 눈물이 그 증거다. 왜냐면 우리는 가도 아름다움은 남기 때문이다. 왜냐면 우리는 미래를 향해 가지만 아름다움은 영원히 현재이기 때문이다. 눈물은 남으려는, 계속 머물려는, 이 도시와 하나가 되려는 시도다. 하지만 그것은 규칙에 반한다. 그 눈물은 과거의 것이자, 미래가 과거에 바친 공물이다. 아니면 더 작은 것으로부터 더 큰 것 즉, 사람으로부터 아름다움을 추출한 결과물일 것이다. 똑같은 논리를 사랑에도 대입할 수 있다. 왜냐면 사람의 사랑도 사람보다 더 크기 때문이다.

1989년 11월

베네치아의 겨울빛

첫판 1쇄 펴낸날 2020년 9월 9일
첫판 2쇄 펴낸날 2021년 5월 14일

지은이 | 조지프 브로드스키
옮긴이 | 이경아
펴낸이 | 박남주

종이 | 화인페이퍼
인쇄·제본 | 한영문화사

펴낸곳 | (주)뮤진트리
출판등록 | 2007년 11월 28일 제2015-000059호
주소 | 서울시 마포구 토정로 135 (상수동) M빌딩
전화 | (02)2676-7117 팩스 | (02)2676-5261
전자우편 | geist6@hanmail.net
홈페이지 | www.mujintree.com

ISBN 979-11-6111-056-1 03840

• 책값은 뒤표지에 있습니다.

행복을 부르는 지구 언어

소소하지만 위대한 50가지 인생의 순간

행복을 부르는 지구 언어

메건 헤이즈 지음 | 최다인 옮김

애플북스

차례

9 **프롤로그** | 세상의 모든 행복을 담다

Chapter 1 · **집과 환경**

17 **예코타**GÖKOTTA | 느긋한 시간 한 조각을 끼워 넣다

21 **아이나**ÄINA | 푸른 지구별의 소중함

25 **휘게**HYGGE | 아늑한 곳에서 친구들과 함께

29 **프라스토르**ПРОСТОР | 지평선을 보며 영혼을 채우다

31 **쿠치**CWTCH | 영혼으로 따뜻하게 감싸다

35 **투랑아와이와이**TŪRANGAWAEWAE | 가장 편안한 곳에서 느끼는 힘

37 **발타인잠카이트**WALDEINSAMKEIT | 숲에서 나를 만나는 시간

41 **프리루프트슬리브**FRILUFTSLIV | 자연의 품으로 돌아가다

43 **사바이**สบาย | 해변의 휴식 같은 하루

47 **환잉**欢迎 | 햇살처럼 반기다

Chapter 2 공동체와 인간관계

우분투 UBUNTU | 함께하는 순간의 소중함   51

휘넌 GUNNEN | 내어준 만큼 채워지는 행복   55

라임 LIME | 친구와 한없이 느긋한 한때   57

아사비야 عصبية | 너와 나를 위한 세상을 꿈꾸다   60

페어슈테엔 VERSTEHEN | 같은 곳을 바라보다   63

멜마스티아 ملم رتید | 마음을 열고 먼저 다가가기   69

칸이닌파 KANYININPA | 엄마의 품처럼 안아주기   71

파삼 பாசம் | 영혼으로 묶인 관계   75

기길 GIGIL | 숨이 막힐 듯 꽉 껴안기   77

우니카까티기니크 UNIKKAAQATIGIINNIQ | 우리가 살아가는 이야기   81

Chapter 3 성품과 영혼

85 **세니** SENY | 번거롭지만 뿌듯한 무언가

89 **시수** SISU | 혹독한 삶에 맞서는 용기

91 **이키가이** 生き甲斐 | 나를 다시 일으키는 것들

97 **메라키** μεράκι | 작은 것에도 영혼을 쏟아붓다

99 **멘츄** ꞵꞡꞡꞡꞡꞡ | 좋은 사람이 된다는 것

103 **아트만** आत्मन् | 숨 쉬는 영혼을 느끼다

105 **아란자르시** ARRANGIARSI | 수완을 발휘하는 재치

109 **양생** 養生 | 나를 돌아보는 시간

111 **플라훌** FLAITHIÚIL | 가장 자신답다고 느끼는 것

115 **아힘사** अहिंसा | 모든 생명은 소중하다

Chapter 4 기쁨과 영적 깨달음

세렌디피티 SERENDIPITY | 우연한 순간이 겹칠 때 119

유겐 幽玄 | 분홍빛 석양의 고요를 느끼며 123

다디리 DADIRRI | 자연의 소리에 귀 기울이기 125

케피 KΈФΙ | 기분이 좋을 때는 함께 춤추기 129

윔지 WHIMSY | 동화 속 주인공처럼 즐겨보기 131

봉 비방 BON VIVANT | 때로는 감정이 이끄는 대로 137

주엔 펀 DUYÊN PHẬN | 강렬한 운명적 끌림 141

주아 드 비브르 JOIE DE VIVRE | 브리오슈로 우아한 아침을 143

무라카바 مراقبة | 마음속에서 신을 발견할 때 147

우기-워드간 UKI-OKTON | 마음에 먹이를 주는 일 149

Chapter 5 균형과 평온

155 **라곰**LAGOM | 딱 그만큼만으로도 좋은 것

159 **아요르나맛**AJURNAMAT | 삶을 받아들이는 태도

161 **솔라르프리**SÓLARFRÍ | 햇살 가득한 날은 휴일

167 **우웨이**無為 | 물 흐르듯 쉽고 자연스럽게

169 **마냐나**MAÑANA | 가끔은 잠시 미뤄도 된다

173 **케이프**KEYIF | 마음까지 멈추는 시간

175 **아르바이스글레데**ARBEJDSGLÆDE | 일하는 즐거움

179 **세이자쿠**静寂 | 도심 한가운데서 즐기는 평온

181 **소브레메사**SOBREMESA | 느긋하게 먹고 마시는 시간

185 **초초그**COCOG | 딱 어우러져서 좋은

에필로그 | 그 후로도 오랫동안　187

감사의 말　189

세상의 모든 행복을 담다

이 세상에는 200여 개의 나라와 셀 수 없이 많은 민족의 수십억 인구가 사용하는 수천 가지 언어와 방언이 있다. 전 세계 사람들이 점차 서로 연결되면서 지구상의 다양한 문화 구석구석에 숨은 '번역 불가능한' 단어에도 전에 없던 관심이 쏠리고 있다. 이런 단어들은 자신이 태어난 곳의 독특하고 흥미로운 문화를 정확하게 표현하는 개념이다.

인간으로서 '잘' 사는 방법은 누구나 알고 싶어 하는 것으로 고대부터 거의 모든 사회를 지배하다시피 했던 주제이다. 우리 모두의 공통된 욕구는 세상의 수많은 언어로 무수한 해석을 탄생시켰다. 스페인어 소브레메사와 트리니다드 토바고에서 쓰

이는 라임에 담긴 의미처럼 좋은 삶이란 사랑하는 사람과 함께 음식을 먹으며 대화를 나누는 것일까? 아니면 핀란드어 시수처럼 어려운 시기를 극복하는 뚝심과 의지력이야말로 잘 사는 삶을 상징하는 개념일까?

만족스러운 삶이 무엇인지를 다채롭게 표현하고 있는 단어들을 연결해보면 진정으로 잘 사는 삶의 비밀을 발견하게 될까? 그 어느 때보다 풍부하고 누구나 사용할 수 있는 행복의 단어장이 만들어질까? 이 책은 바로 그것을 목표로 한다.

마음으로 해석되는 행복이라는 단어

행복을 의미하는 단어가 본질적으로 '번역 불가능'하다고 말하는 것은 사실 오해의 소지가 있다. 사람들이 매력을 느끼는 이유는 그런 단어가 어느 문화에서나 이해할 수 있는 감정적, 사회적, 육체적 경험으로 '해석'될 수 있기 때문이다. 단지 지금까지는 적합한 말을 발견하지 못했을 뿐이다. 놀라울 정도로 단순한 것부터 기막히게 독특한 것까지 다양한 개념을 즉시 이해할 수 있다는 것은 서로의 문화적 특수성을 존중함과 동시에 인간의 보편성을 받아들인다는 의미다.

이 책에서는 덴마크의 휘게부터 오스트레일리아 원주민 언

어인 다디리, 카탈루냐의 세니, 일본의 이키가이까지 다양한 색조의 행복을 그려내는 익숙하고도 놀라운 단어들을 만나게 될 것이다. 각 단어는 문화의 경계를 넘어 매력적인 차이점뿐 아니라 잘 사는 삶이라는 공통된 목표가 어떤 것인지 깨닫게 해준다.

왠지 느낌으로 먼저 이해하는 단어

이 책에 포함되지 않은 단어도 무수히 많다. 아직까지 세상에 알려지지 않고 땅에 묻힌 보물처럼 자기 문화 속에 고이 숨어있는 단어는 더욱 많다. 그렇기에 수없이 다양한 문화에서 인간이 경험하는 서로 다른 종류의 행복을 최대한 두루 보여주는 단어들을 선택했다.

영어의 윔지나 프랑스어 봉 비방처럼 쾌활한 단어가 있는가 하면 산스크리트어 아트만이나 아메리카 원주민 호데노쇼니족의 언어 우기-워드간처럼 행복의 심오한 면을 보여주는 단어도 있다. 모두 이해할 수 있는 무언가를 가리키는 단어, 우리를 구분하는 동시에 하나로 모아주는 단어이다. 이러한 단어들은 행복에 대한 관점을 풍부하게 표현하면서도 왠지 모르게 원래 알고 있었던 듯한 느낌을 준다.

행복의 달콤 쌉쌀함

행복은 정적인 상태가 아니다. 일반적으로 생각하는 것보다 훨씬 복잡한 감정이 뒤섞여 있다. 왜 사람들이 '기쁨의 눈물'을 흘리며, 왜 누군가가 떠나기도 전에 벌써 아쉬움을 느끼겠는가? 이 책에는 실리지 못한 '달콤 쌉쌀한' 단어가 많이 있다. 마냥 유쾌하지는 않을지 몰라도 이런 단어는 행복과 그렇지 못한 감정이 한데 엮이는 복잡한 심경을 잘 드러낸다. 갈망과 동경을 나타내는 단어와 표현이 전 세계에 수없이 많다는 사실을 보면 우리가 진정한 행복을 얼마나 간절히 원하는지 알 수 있다. 이상적인 고향, 어쩌면 한 번도 가보지 못한 곳을 간절하게 그리워하는 마음을 뜻하는 웨일스어 히라이스hiraeth가 그런 단어이다. 존재하지 않는 무언가를 원하는 포르투갈어 사우다지saudade도 있다.

사람들마다 다양한 의미로 사용하지만 기본적으로 사랑하는 사람이나 장소, 영원히 잃어버린 무언가를 사무치게 그리워하는 마음을 가리키는 루마니아어 도르dor도 있다. 트리니다드 토바고의 크리올어 타방카tabanca는 오랜 가슴앓이나 갈망(특히 축제 기간을 기다리는)을 나타내며, 아일랜드 게일어 쿠어cumha는 애타는 그리움 또는 향수병을 뜻한다.

갈망을 나타내는 단어는 사랑하는 사람, 장소, 경험에서 느

끼는 행복을 자기 곁에 있을 때 알아차려야 한다는 사실을 깨닫게 해준다. 이 책의 단어들 또한 이와 같은 역할을 하는 길잡이가 되기를 바란다.

즐거운 마음으로 단어를 하나씩 차곡차곡 모으면서 열심히 고른 단어를 존중하는 태도로 정확하게 전달하려고 최선의 노력을 기울였다. 하지만 이 책에서 소개하는 수많은 언어와 문화는 내 것이 아니므로 모든 단어를 완벽히 설명하지는 못했을지도 모른다는 생각이 든다. 책 곳곳에 의도치 않은 실수가 있더라도 독자 여러분이 너그럽게 용서하기를 바라며 우리가 사는 세상에서 찾아낸 행복의 다양한 표현을 기린다는 원래 의도대로 이 책을 즐겨주길 바란다.

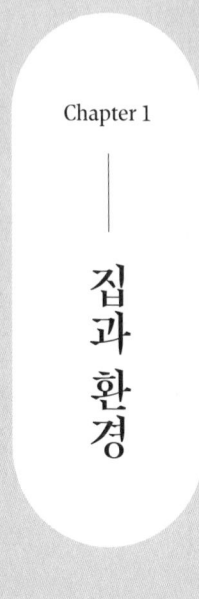

Chapter 1

——

집과 환경

타닥타닥 타오르는 장작불, 귀에 익은 목소리들이 피우는 이야기꽃, 다른 곳에서는 맛볼 수 없는 손맛 가득한 음식이 차려진 식탁이 있는 아늑한 공간을 그려보자. 이를 비롯한 수많은 이미지가 함축된 단어가 바로 집이다. 집은 마음이 머무는 곳으로 집보다 더 좋은 곳은 없다는 말도 있다. 집이란 마음속 가장 깊은 곳의 감정을 휘젓는 단어이다.

집이라고 하면 보통 사적이고 안전하며 익숙한 공간이 떠오르지만, 세계 각국의 다양한 언어를 살펴보면 집에는 그 이상의 의미가 있다. 사람들은 다양한 환경, 심지어 험하고 외진 곳일지라도 자신이 사는 곳에서는 편안함을 느낀다. 가을 숲속을 거닐 때 발밑에서 바스락대는 낙엽은 '집에 돌아온' 듯한 마음의 평온을 불러일으킨다. 탁 트인 평야에서 자유를 만끽할 때 가장 마음이 편안해지는 사람도 있다. 물론 집은 특정한 물리적 위치나 지도에 표시할 수 있는 장소가 아니라 사람 사이에 존재하는 공간을 가리킬 때도 있다. 세계 곳곳의 다양한 환경과 장소에서 집을 표현하는 독특한 방식에는 사람들의 행복을 찾는 방식이 담겨 있다.

예코타
느긋한 시간 한 조각을 끼워 넣다

GÖKOTTA [jɜːkuːtə] | 명사 | 스웨덴어
1. 새벽에 자연으로 나가 첫 새소리를 듣는 것

　자연에서 행복을 찾고 소속감을 끌어내는 방식을 표현하는 단어가 풍부한 것이 스웨덴어다. 그중 이러한 의미를 가장 잘 드러내는 단어가 예코타이다. 일찍 일어난 새의 노랫소리를 배경음악 삼아 즐기는 '새벽 소풍'을 뜻하지만, 자연을 즐기는 마음을 포괄적으로 나타낸다. 현대인의 아침은 대체로 그런 평온함보다는 삑삑거리는 자명종과 진한 커피, 허겁지겁 아침을 욱여넣고 문을 박차며 뛰쳐나가는 출근길로 표현된다. 예코타는 삶이 늘 그런 식일 필요는 없다고 가만히 일깨워준다. 때로는 바쁜 일상에 조금 덜 실용적인 시간 한 조각을 끼워 넣어도 좋으리라.

매일 아침 예코타를 위해 시간을 떼어두기는 어려울지 모른다. 하지만 가끔은 동틀 녘 침대에서 빠져나와 깨어나는 자연을 맞이하며 걸으면 커다란 행복감을 느낄 수 있다. 일찍 일어나기, 마음 챙기기, 몸 움직이기(걷기를 포함하는 예코타라면), 자연에서 보내는 시간 등 기분 좋은 것들이 함께하기 때문이다. 예코타로 아침을 시작하면 남은 하루 동안 자기도 모르게 춤추듯 걸을지도 모른다.

자연 속에서 긍정적인 경험을 한다는 의미의 스웨덴어는 또 있다. 스웨덴 사람들이 아침을 예코타로 시작한다면 황혼은 몽가타mångata로 보낸다. 물 위에 길처럼 펼쳐지는 달그림자를 바

라보는 시간이다. 몽가타는 왔다가 사라지는 자연의 신비가 자아내는 명상적 분위기와 동시에 스웨덴 사람들이 시간에 따라 변하는 자연에서 즐거움을 끌어내는 방식을 보여준다.

자연에서 얻는 행복을 묘사하는 스웨덴어 가운데 특별히 아름다운 단어는 스물트론스텔레smultronställe이다. '야생 딸기가 있는 곳'이라는 뜻이지만 눈에 잘 띄지 않는 소중한 장소를 통틀어 가리키는 말이기도 하다. 미트 스물트론스텔레는 '나의 은신처' 또는 '나의 특별한 장소'라는 뜻이며, 행복하고 만족스러우며 평화롭고 집에 있을 때처럼 마음이 편안해지는 곳을 말한다. 주변 환경과 밀접하게 연결되었을 때 행복을 느끼는 사람들이 바로 스웨덴인들이다.

아이나

푸른 지구별의 소중함

ĀINA [aːiːnaː] | 명사 | 하와이어

1. 땅(또는 '우리를 먹이는 것')

지구라는 행성에서 우리가 생존하는 데 꼭 필요한 것들이 있다. 하지만 너무도 기본적이어서 어떤 행복을 가져다주는지 생각조차 하지 않는 것, 바로 모든 인간의 집이라고 할 수 있는 땅이다. 발밑에 이토록 풍요로운 땅덩어리가 없다면…… 최고의 수영 실력을 갖춘 사람이라도 물배가 부르지 않을까.

사람들이 발을 딛고 사는 땅을 매우 소중하게 여기는 곳이라면 하와이가 첫손에 꼽힌다. 오스트로네시아어족에 속하며 현재 8천 명가량이 사용하는 하와이어에서 땅을 가리키는 단어 아이나는 '우리를 먹이는 것'이라는 깊은 의미가 담겨 있다. 자신들이 밟고 걷는 대지를 이렇게 표현하는 사람들이 과연 얼

마나 될까? 문자 그대로 '땅의 사랑'을 뜻하는 알로하aloha 아이나는 하와이 문화와 민족성에서 아이나가 지니는 중요성을 담고 있는 아름다운 단어이다.

알로하 아이나는 고대 신화부터 현대의 환경보호 운동까지 죽 이어진 삶의 방식을 표현한다. 대지와 바다(섬사람들에게 가장 중요한 두 가지) 모두를 사랑하고 우러르는 것이다. 아이나에 담긴 강렬한 감정은 옛이야기, 민요, 전통춤 훌라에서 농사와 정치에 이르기까지 하와이 문화의 모든 부분에 깃들어 있다. 개인의 삶에서는 자연을 마음 깊이 아끼는 생활 태도로 표현된다. 기도나 재활용 같은 일상의 습관 또한 알로하 아이나를 표현하는 방식이다.

자신들의 아이나를 향한 하와이 사람들의 존경심은 인간에게 가장 소중한 천연자원에 감사를 표하는 것이 얼마나 중요한지를 잘 보여준다. 우리에게 땅보다 더 소중한 자원은 없다. 이러한 태도는 인간이 지구를 대하는 방식뿐 아니라 스스로 감사하는 습관이 행복에 커다란 영향을 미친다는 것을 보여준다. 늘 당연하게 받아들이던 수많은 것에 관심을 쏟고 고맙다고 말함으로써 자신이 얼마나 운이 좋은지 되새기게 된다. 아이나를 통해 인간이 고향이라 부르는 이 푸르고 풍요로운 별의 소중함을 다시 한 번 떠올려보자.

"

드넓은 대자연

사랑 이야기

아주 확실하게 기분 전환을 하고 싶다면 자기 집에서 좀 멀리 나가보자. 비유가 아니다. 자연과 하나가 되는 느낌은 마음을 편안하게 해주고 삶의 의미와 활력을 준다. 원래 인간은 지구에서 존재한 시간 중에서 극히 일부만을 실내에서 보냈는데, 현대인은 점점 더 오랜 시간 동안 콘크리트에 둘러싸여 있다. 바깥에서 보내는 시간에 대한 애착은 다양한 문화와 언어에서 각기 고유한 방식으로 나타난다. 영어에는 애정을 담아 자연을 묘사하는 특이한 단어가 몇 가지 있다.

사이서리즘psithurism은 나무 사이로 속삭이는 바람 소리, 페트리커petrichor는 오랫동안 덥고 메마른 날씨가 계속되던 끝에 비가 내릴 때의 향긋한 흙냄새를 가리키는 명사이다. 네덜란

드에는 바람 속을 상쾌하게 산책한다는 뜻의 동사 아위트바인 uitwaaien이 있다. 캐나다에서는 이른 봄의 따스한 낮과 선선한 밤, 즉 단풍나무가 달콤한 수액을 만들어내기에 딱 좋은 날씨를 가리킬 때 슈가웨더sugar-weather라는 매력적인 표현을 쓴다. 그런가 하면 일본에는 나뭇잎 사이로 아롱지는 햇빛의 섬세한 아름다움을 가리키는 코모레비木漏れ日가 있다. 마지막으로 기막힌 경치와 청명한 날씨를 온몸으로 느끼는 황홀한 기분을 담은 아일랜드 게일어 이브네스aoibhneas를 보면 우리 인간에게 최고의 연인은 바로 대자연이 아닐까 하는 생각이 든다.

99

휘게

아늑한 곳에서 친구들과 함께

HYGGE [hyːgə] | 명사 | 덴마크어, 노르웨이어

1. 정서적 행복감을 불러일으키며 아늑하고 포근한 환경을 만들어내는 생활 방식

    단순히 '더 행복한 삶'뿐만 아니라 그런 삶을 추구하는 방식 전체를 가리키는 말이 휘게이다. 덴마크와 노르웨이에서 두루 쓰이며('안녕'을 뜻하는 노르웨이어에서 유래) 최근에는 고향 땅 스칸디나비아 바깥에서도 널리 주목받고 있다. 휘게에는 수많은 의미가 담겨 있는데, 특히 거의 동의어로 취급되는 물건이나 상황도 있다. 촛불이 밝혀진 공간, 레드 와인, 털실로 짠 양말, 다정한 친구들, 소파에 몸을 묻고 따스한 담요를 덮은 채 귀 기울이면 창문을 두드리는 빗소리…… 모두 마음이 따뜻해지는 안식처 같은 분위기를 자아내는 것들이다.

    북유럽 언어에는 아늑함을 품고 있는 단어가 상당히 많다.

북녘 땅의 어둡고 차가운 기후 탓에 그곳 주민들은 따스함을 스스로 만들어내야 한다. 이런 온기는 세심하게 꾸민 아늑한 공간에서도 얻을 수 있지만, 사람 사이의 친밀한 감정에서 생겨날 때도 많다.

따스하고 화기애애한 분위기를 가리키는 다른 말로는 네덜란드어 헤젤러헤이트gezelligheid가 있다. 네덜란드 문화의 특성이라고 할 수 있는 훈훈하고 넉넉한 분위기가 담긴 단어이다.

예를 들어 형용사 헤젤러흐gezellig는 운하 옆에서 친구들과 즐기는 피크닉을 묘사할 때, 또는 한동안 떨어져 있던 좋은 친구를 오랜만에 만난 감정을 표현할 때도 쓰인다. 헤젤러헤이트는 덴마크어의 휘게와 매우 비슷한 단어이지만 친목의 의미가 더 짙다('동행'이라는 뜻의 헤젤gezel에서 비롯되었다). 이런 독특한 특징이 있기에 조금 더 닫혀 있는 아늑함을 가리키는 휘게와는 미묘한 차이가 있다.

독일어 게뮤틀리히카이트gemütlichkeit 또한 휘게와 비슷한 의미를 담고 있다. 합성어인 이 말은 유쾌한 분위기와 맛있는 음식(또는 술), 좋은 사람들이 곁에 있을 때 느끼는 편안한 정감, 특히 그런 상황에서 돈독한 관계를 느끼는 따스한 감각을 가리킨다.

스웨덴어에는 기분 좋고 편안하며 포근한 기분을 나타내는 뮈시그mysig라는 말이 있다. 노르웨이에서 이에 상응하는 단어는 기분 좋은 상황뿐 아니라 붙임성 있는 사람, 특히 친구나 아이들을 가리키는 코슬리koselig다. 이 단어들은 친구, 가족, 사랑하는 이들과 환경을 한데 묶음으로써 우리 마음을 따뜻하게 북돋우는 것은 장소뿐 아니라 그곳에서 함께하는 사람들이라는 것을 보여준다.

프라스토르

지평선을 보며 영혼을 채우다

ПРОСТОР [pre'stor] | 명사 | 러시아어
1. 탁 트인 곳, 드넓은 공간, 광활함
2. 자유

가끔 우리는 무언가로 둘러싸인 아늑한 곳에서 지극한 행복을 느끼는가 하면 때로는 완전히 반대인 경우도 있다. 러시아 사람들은 선조의 방랑벽을 물려받아서인지 종종 드넓은 공간에서 커다란 기쁨을 맛본다. 광활한 환경을 마주할 수 있는 곳을 꼽으라면 러시아만 한 곳도 없으리라. 서정적인 러시아어이자 다른 슬라브계 언어에서도 쓰이는 프라스토르는 끝없이 펼쳐진 지평선을 마주한 순간 영혼을 뒤흔드는 듯한 감각을 정확히 짚어낸다.

드넓은 평야를 향한 갈망을 담은 프라스토르는 인간이 외적 풍경을 내적 풍경과 연결하는 방식을 보여주는 좋은 예다. 프

라스토르와 밀접하게 관련된 단어로 영혼 또는 기백을 가리키는 러시아어 두샤душа가 있다. 끝이 없는 인간의 영혼, 즉 두샤는 프라스토르에서 자신의 외적 반영을 발견하며 내부와 외부가 조화를 이루는 순간 깊은 감동이 찾아온다. 프라스토르의 독특함은 내적 영역과 외부 환경 사이에서 이루어지는 상호 일치에서 비롯된다. 사람은 어떤 조건이든 자신을 둘러싼 환경과 깊은 유대감을 느낄 수 있기에 이러한 일치감은 전 세계 사람들이 공통적으로 느낄 수 있는 감정이다.

신기하게도 두샤의 내적 광활함 덕분에 인간은 작은 공간에서도, 이를테면 훌륭한 책과 함께라면 얼마든지 프라스토르를 맛볼 수 있다. 좁다랗고 사방이 막힌 방에서도 흥미로운 이야기는 내면의 지평선을 넓히고 마음을 자유롭게 풀어준다.

프라스토르를 불러일으키는 당신만의 장소는 어디인가? 끝없이 펼쳐진 시베리아의 사막이든 신록으로 뒤덮인 북잉글랜드의 황무지든, 세상은 까마득한 옛날부터 인간이 탐험하고 정복하고 고향으로 삼은 광활한 땅으로 가득하다. 사무실의 좁은 파티션 안이나 만원 지하철에 갇혀 답답할 때면 프라스토르를 느낄 수 있는 방법을 궁리해보자. 바다로 떠나는 여행이든 동네 공원을 한 바퀴 도는 산책이든 당신의 두샤에 간절히 필요한 기분을 북돋워줄지도 모를 일이다.

쿠치

영혼으로 따뜻하게 감싸다

CWTCH [kʊtʃ] | 명사 | 웨일스어
1. 벽장 또는 아늑한 공간
2. 껴안기 또는 포옹

    물리적 공간이 아니더라도 사람들이 있는 곳이라면 어디든 상관없다는 것을 가장 잘 보여주는 단어는 웨일스어 쿠치가 아닐까. 누구나 안아줄 수는 있지만 쿠치할 수 있는 것은 웨일스인밖에 없다는 말이 있다. 이 짧은 단어는 포옹과 애정, 보호와 소속감, 아늑한 장소를 모두 포함한다. 누군가를 쿠치 스타일로 안아준다는 말은 그 사람에게 '안전한 장소', 다시 말해 이 단어의 또 다른 의미인 '아늑한 공간'을 제공한다는 뜻이다. 하지만 이 단어에 담긴 사람 사이의 신체적, 비유적 친밀감과 내밀함을 온전히 담아내지는 못한다. 대개 명사로 취급되는 쿠치는 일상적으로 영어의 '커들cuddle'과 비슷한 의미의 동사로도

사용된다. "괜찮아, 나하고 쿠치해"라든가 지금 "쿠치하는 중"이었다는 식으로 쓸 수 있다.

웨일스어를 사용하지 않는 사람은 그 미묘한 뉘앙스를 완전히 이해하기 어려울 것이다. 쿠치는 사랑하는 사람에게 안정감과 소속감을 제공한다는 의미를 담고 있으며 연인, 친구, 가족 간의 낭만적 사랑과 정신적 사랑에 두루 적용되는 단어이다. 사람 사이의 따뜻한 관계와 깊이 관련되어 있기에 행복이나 안녕의 의미가 강하기도 하다. 자신을 깊이 사랑하는 누군가의 따스하고 힘찬 포옹으로 바닥에서 끌어올려진 적이 있는가? 때로 포옹에는 그 이상의 의미가 있는데, 그런 포옹이야말로 쿠치라고 할 수 있다.

쿠치는 어린 시절 가장 가까운 보호자에게서만 느낄 수 있었던, 안전하게 감싸여 보호받는 듯한 느낌이 떠오른다. 무릎이 까지거나 세상에 상처받은 아이에게는 엄마나 아빠 또는 든든한 어른의 다정한 품이 필요한 법이다.

다음에 포옹을 받거나 해줄 때면 이 평범하기 이를 데 없는 동작이 우리 인생에 따스하고 안전한 곳을 만들어낸다는 사실을 떠올려보자. 누구나 필요할 때마다 자양분과 안정감과 행복을 찾을 수 있는 곳 말이다.

투랑아와이와이

가장 편안한 곳에서 느끼는 힘

TŪRANGAWAEWAE [tuːrǽŋəwaiwai] | 명사 | 마오리어

1. 발 디딜 권리가 있는 장소
2. 혈연관계와 혈통에 따라 거주와 소유의 권리가 있는 장소

투랑아(설 장소)와 와이와이(발)를 합친 이 단어는 종종 단순하게 '발 디딜 곳'으로 번역되지만 그보다 훨씬 많은 뜻을 담고 있다. 투랑아와이와이는 사람의 토대, 다시 말해 지리적이든 문화적이든 개인이 가장 소속감을 느끼고 자신이 뿌리내렸다고 느끼는 장소를 말한다. 투랑아와이와이는 자신이 가장 큰 힘을 발휘할 수 있다고 느끼는 곳, 강력한 행복의 원천을 가리킨다.

사람과 외부 환경을 연결 짓는 세계 각국의 수많은 단어와 마찬가지로 투랑아와이와이는 바깥 풍경과 내면의 풍경이 긴밀히 연결되는 방식을 명확히 보여준다. 마오리족은(사실 거의

모든 사람은) 고향 땅의 변화하는 풍경, 졸졸 흐르는 냇물, 거대한 산봉우리, 구불구불 이어지는 길을 보면 마음 깊이 안정감과 소속감을 느낀다. 자신이 속한 땅은 삶을 정면으로 마주할 힘을 부여한다. 외국으로 휴가를 떠났다가 돌아오는 비행기에서 고국 땅이 눈에 들어오는 순간 마음 어딘가가 따뜻해지는 느낌을 받아본 적이 있다면 투랑아와이와이에서 얻는 기운이 어떤 것인지 어느 정도 이해할 것이다.

스페인어 케렌시아querencia 또한 고향에 있다고 생각할 때 느끼는 힘과 의지를 가리키는 단어이다. 스페인의 정통 투우 경기장에서 황소가 다시 힘과 추진력을 얻기 위해 물러나서 잠시 쉬는 자리를 케렌시아라고 한다. 소는 케렌시아에서 가장 강력하고 가장 위협적인 상태가 된다.

새로운 것을 경험하려면 자신의 안전지대에서 나와야 한다. 사람들은 종종 자신에게 커다란 힘을 주는 투랑아와이와이, 즉 자기가 설 자리에 무심한 경향이 있다. 말 그대로 자신의 고향 땅을 다시 밟을 때나, 회사에서 동료의 사무실이 아니라 자기 사무실에서 회의를 열 때나, 자신에게 편안한 물리적 공간에 발을 디디면 더 큰 자신감을 느끼고 마음이 더욱 차분해진다. 다음번에 강력한 힘을 충전해야 할 때를 대비해 자신의 투랑아와이와이를 마음에 새겨두길 바란다.

발타인잠카이트

숲에서 나를 만나는 시간

WALDEINSAMKEIT [ˈvaltʔaɪnzaːmkaɪt] | 명사 | 독일어

1. 숲의 고독(숲속에 홀로 있는 느낌)

운 좋게도 낙엽수가 많은 숲 근처에서 어린 시절을 보낸 사람이라면 가지 사이로 햇살이 비치는 나무에 오르던 일, 쓰러진 나무에 자라는 이끼 냄새, 금빛으로 물든 낙엽 더미 위에서 신나게 뛰놀던 추억을 결코 잊지 못하리라. 시인 랠프 월도 에머슨Ralph Waldo Emerson은 숲에서 사람은 늘 어린아이가 된다고 했다. 이 말에서 떠오르는, 숲을 거닐 때만 느낄 수 있는 순수한 느낌과 호기심, 차분한 경외감은 발타인잠카이트라는 독일어에 고스란히 담겨 있다.

'숲wald'과 '고독einsamkeit'을 합친 이 단어는 독일에서 일상적으로 자주 쓰이는 말은 아니지만 자연에서 느끼는 시적 낭만

을 잘 드러낸다. 낭만주의 소설가 루드비히 티크Ludwig Tieck는 독일 땅에 넓게 펼쳐진 숲의 특별한 의미를 독일 국민에게 길이 전하기 위해 이 단어를 만들어냈다고 한다.

발타인잠카이트는 울창한 숲의 고요한 그늘에 홀로 있다는 뜻이지만, 주로 낙관적인 삶의 고독을 가리킨다. 자연 속에서 느낄 수 있는 평온하고 정갈한 마음이다. 흥미롭게도 일본어에도 숲속에서 심신의 평온을 찾는 신린요쿠森林浴(삼림욕)라는 단어가 있다.

이러한 단어는 동화에서는 마법과 변화를 상징하는 장소인 숲이 우리 내면의 길들지 않은 본질을 다시금 일깨운다는 것을 보여준다.

오늘날에는 야성적인 본성을 충족하는 데 많은 시간을 쏟는 사람은 거의 없으리라. 현대인들은 대부분의 시간을 실내에서 걱정과 부담에 짓눌리고 다양한 일을 한꺼번에 처리하며 바쁜 일상을 보낸다. 자신을 잊는 것도 무리가 아니다. 이럴 때 잠시 숲의 특별하고 장엄한 침묵 속에서 고독과 마주하며 자신을 되찾는 시간을 가져보자. 명상과도 같은 차분한 상태에 빠져들도록 이끄는 것은 다름 아닌 인간의 가장 오랜 친구인 나무다. 나무를 보고 있으면 잠깐일지라도 삶의 일부를 할애해 발타인잠카이트를 가지는 것이 얼마나 중요한지 깨닫는다.

프리루프트슬리브

자연의 품으로 돌아가다

FRILUFTSLIV [friːlufːtsliːv] | 명사 | 노르웨이어, 스웨덴어

1. 캠핑, 야외 활동

　예로부터 인류는 어떤 혹독한 환경에서도 집을 마련하는 재능을 발휘했다. 작열하는 태양에 맞서 진흙 벽돌 오두막을 지었고, 영하의 추위에서 몸을 보호하기 위해 이글루를 만들었다. 대평원의 돌풍으로부터 모닥불을 보호하려고 우아한 원뿔형 천막 티피도 세웠다. 이런 은신처 덕분에 인간은 가장 험한 곳에서도 보란 듯이 살아남아 번성했다. 현대의 거대한 아파트 건물과는 달리 이런 유형의 집은 자연과 인간의 목적이 한데 어우러질 수 있음을 보여준다. 이런 곳에서 사는 사람은 노르웨이와 스웨덴에서 프리루프트슬리브라고 부르는 것을 매일 만끽하는 셈이다.

숲이나 산속에서 텐트 밖으로 머리를 내밀어 이슬이 내린 서늘한 공기를 들이마시고, 해가 점점 공기를 데울 때 분홍빛이 옅어지는 아침 하늘을 바라보면서 기쁨을 느꼈다면 프리루프트슬리브의 의미를 이해할 것이다. 이것은 단순한 단어가 아니라 철학이다. 프리루프트슬리브는 자연과 호흡을 맞춰 얽매이지 않고 살아가는 삶의 방식과 야생의 공간에서 인간이 느끼는 영적 동질감을 담고 있다. 또한 자연과 연결되는 것이 즐거운 동시에 그러한 경험이 사람을 변화시킨다는 것을 강조한다. 심지어 인식의 폭을 넓히고 존재를 충만케 하는, 거의 종교적인 감각을 의미한다.

프리루프트슬리브는 특히 노르웨이 사람들의 삶과 행복에서 상당 부분을 차지한다. 그들에게는 피오르와 산봉우리, 계단식 폭포로 이루어진 장엄한 풍경과 교감하는 것이 중요하기 때문이다. 이와 다른 환경에서 성장한 사람들도 그렇게 인상적인 땅을 고향으로 삼는다면 프리루프트슬리브를 더 깊이 이해할지도 모른다. 하지만 아주 소박한 캠핑에서도 대자연의 기쁨을 톡톡히 누릴 수 있다. 텐트와 침낭을 챙겨서 자연의 품에 뛰어들어 자신만의 프리루프트슬리브를 시작해보자.

사바이

해변의 휴식 같은 하루

สบาย [saI.ba:j˧] | 형용사 | 태국어

1. 행복한, 편안한, 만족스러운

집과 자연은 다양한 감정을 불러일으키지만 인간이 가장 원하는 것은 편안함이다. 태국어에는 편안함, 행복과 만족을 나타내는 사바이가 있다. 태국 사람들은 이 단어를 일상적으로 두루 사용한다. 심지어 매우 흔한 인사말 "어떻게 지내(사바이 디 마이สบายดีไหม)?"와 그 대답인 "잘 지내, 고마워(사바이 디 컵-쿤 สบายดีขอบคุณ)"에서도 중심 단어가 된다. 이 단어의 쓰임새는 그 외에도 수없이 많은데, 모두 태국 사람들 특유의 느긋하고 행복한 삶의 방식을 잘 보여준다.

특히 쉽게 들을 수 있는 표현은 사바이 사바이다. 반복을 통해 무언가가 매우 편안함을 강조하며 종종 여유로운 분위기를

묘사할 때 쓰인다. 남의 집을 방문하면 '편히 앉으세요'라는 뜻의 낭 사바이너่งสบาย라는 말을 들을 수 있다. 상쾌한 산들바람은 '편안하게 시원하다'는 뜻의 옌 사바이เย็นสบาย다. 오토바이에 달린 바구니 속에 아늑하게 잠든 고양이는 '잘 잔다'는 뜻의 랍 사바이หลับสบาย다. 편안한 수면을 제공한다는 의미로 태국의 호텔 이름에 쓰이기도 한다. '편안한 마음'을 가리키는 사바이 짜이สบายใจ라는 멋진 표현도 있다. 완벽한 만족감, 이를테면 태국의 가장 아름다운 해변에서 그물침대에 누워 흔들거릴 때의 기분을 담아낸 말이다.

태국 사람들에게 사바이한 생활 방식은 문화적 정체성을 담고 있는 중요한 부분이다. 그들은 부지런하고 성실하지만 서두르거나 스트레스를 받는 모습(서구의 전형적인 근무 모습)은 거의 보이지 않는다. 서구 사람들은 일정한 사회적 지위에 올랐으면 당연히 바빠야 한다고 생각하지만, 태국 사람들은 일할 때조차 대체로 차분하고 만족스러운 사바이한 상태가 최적이라고 여긴다.

안달복달하는 서구식 생활 방식에 지쳐 자신을 가다듬고 중심을 잡기 위해 마음 챙김 같은 대안적 지혜를 찾는 이들에게 사바이는 마음속 행복 사전에 꼭 올려놓아야 할 단어이다. 누구나 태국 해변의 삶을 누리지는 못할지언정 일상이나 일터에서 조바심 내지 않고 더 여유 있는 환경을 조성하며 평온함을 누릴 수는 있다. 가능한 사바이 사바이한 하루를 보내는 것은 어떨까?

환잉

햇살처럼 반기다

欢迎 [huan ŋʁiæn] | 동사 | 표준 중국어
1. 환영하다, '기쁨으로 맞이하다'

　전 세계에는 자기 집에 찾아온 손님을 기쁘게 맞이한다는
의미의 단어가 많이 있다. 그중에서도 반가움을 표현하는 인
사말 환잉광린huānyíng guānglín, 欢迎光临보다 매력적인 단어는 없
을 것이다. 종종 밋밋하고 단순하게 "어서 오세요"로 번역되지
만 그보다는 훨씬 다채로운 의미를 담고 있다. 환잉은 말 그대
로 '당신을 기쁘게 맞이합니다'라는 뜻이고, 광린은 어떤 존재
또는 '빛이 들어온다'는 의미다. 세심하게 번역하자면 환잉광
린은 손님이 왔다는 것을 열린 문으로 들어오는 빛에 비유하는
표현이다.

　손님이 오는 것을 특별한 사건으로 높이는 아름다운 인사말

은 자신의 존재로 '공간을 밝힌다light up a room'는 영어 표현과 상당히 닮았다. 환잉광린이라는 말로 누군가를 맞이하는 사람은 자신의 공간에 들어오는 모든 손님을 이토록 따뜻한 말로 축복하는 셈이다. 그렇기에 가게나 식당 주인이 흔히 쓰는 이 표현은 우리 존재를 긍정적으로 인식하고 반갑게 맞아주는 곳에 발을 들이는 기쁨을 나타내는 가슴 따뜻한 은유이다.

중국에서 환잉광린은 일상에서 자주 쓰이지만 본래의 뜻을 담아서 표현하는 경우는 거의 없다. 그렇다고 아름다운 비유에 깃든 교훈이 사라지는 것은 아니다. 사실 진심을 담아 정중하게 환영받는 일은 드물지도 모른다. 창문으로 비쳐 드는 햇살을 보듯 기쁜 마음으로 자기 집에 오는 손님을 맞이하는 사람이 얼마나 되겠는가?

자기 집 현관으로 들어서는 모든 손님을, 이를테면 방문판매원이나 시끄러운 이웃까지 기쁘게 맞이하지는 못한다 해도 사랑하는 사람이 왔을 때만큼은 환영하는 마음을 더 활짝 드러낼 수는 없을까? 집에 찾아온 손님에게 진정으로 환영받는다는 기분을 느끼게 해주고 싶다면 환잉광린의 마음가짐으로 그들을 맞이해보자. 그들이 당신의 집에 빛을 환히 밝히는 존재임을 알려주자.

공동체와 인간관계

삶의 가장 행복한 순간은 혼자가 아니라 친구와 가족을 비롯해 사랑하는 사람과 함께할 때 찾아온다. 인간은 삶에서 가장 좋은 순간을 누군가와 함께 나누고 싶어 한다. 저녁 식탁에 둘러앉아서, 또는 금요일 밤 선술집에서 함께 웃고 이야기한다. 누군가와 함께 사랑하고 결혼식, 명절, 축제나 공연 같은 특별한 자리에서 삶의 가장 값진 기적을 함께 누린다.

마찬가지로 힘든 시기에도 누군가로부터 격려와 희망을 얻는다. 행복이란 서로 엮인 공동의 경험에서 우러나온다. 몇몇 심리학자들은 소속감(친밀한 관계이든 더 큰 공동체이든)이야말로 의욕과 행복을 얻는 데 가장 중요하고 근본적인 요소라고 한다.

전 세계의 수많은 언어는 다양한 방식으로 공동체와 인간관계가 행복에 미치는 근본적인 영향력을 묘사한다. 이것은 공유와 공감, 상호작용이 진정한 행복과 평안을 불러일으킨다는 사실을 보여준다. 다시 한 번 세계로 길을 떠나 행복 여권에 도장을 몇 개 더 찍으면서 관계의 힘이 어떻게 오래가고 확실한 행복을 일궈내는지 살펴보자.

우분투

함께하는 순간의 소중함

UBUNTU [ʊˈbʊntʊ] | 명사 | 응구니 반투어
1. 모든 사람이 하나의 공동체로 연결됨

진정한 행복을 손에 넣는 데 없어서는 안 될 매우 중요한 요소는 바로 사람이다. 갓난아기가 살아가기 위해서는 전적으로 타인의 보살핌과 연민이 필요하다. 개인의 정체성, 나아가 생명 그 자체도 다른 이들에게서 주어지는 것이다. 그런 의미에서 인간의 상호성이 지닌 의미를 명확히 보여주는 동시에 찬미하는, 남아프리카 줄루족Zulu과 호사족Xhosa이 사용하는 단어 우분투를 만나볼 필요가 있다.

우분투는 단어이자 하나의 철학이다. 유럽과 서구에서 '나'는 대개 유일무이한 무언가로 취급되지만, 아프리카 전역에서 전통적으로 개인은 오롯한 혼자가 아니라 더 큰 공동체에서 분

리할 수 없는 존재로 정의된다.

아프리카 국가에서는 비슷한 개념을 각기 독특한 방식으로 해석한다. 케냐에는 '우리는 함께한다'라는 뜻의 스와힐리어 투코 파모자tuko pamoja, 탄자니아에는 스와힐리어로 '가족애'를 나타내는 우자마ujamaa가 있다.

우분투 철학의 핵심은 공동체 전체에 이로운 것이어야만 개인에게도 이로울 수 있다는 것이다. 서구적 사고방식에서는 매우 이질적인 개념이 어느 때보다 중요하게 대두되고 있다. 점점 닥쳐오는 환경 위기를 생각할 때 본질적 조화를 추구하는

우분투는 진작 세계 무대에 올랐어야 할 효과적인 철학이 아 닌가.

　행복을 논할 때 모두의 행복과 조화가 너무나 쉽게 무시된 다. 하지만 다른 이들이 고통받고 힘겨워한다는 사실을 알면 서도 우리는 진정으로 행복할 수 있을까? 물론 모든 이의 행복 이란 하룻밤 새 뚝딱 해결할 수 있는 문제가 아니다. 하지만 더 큰 행복을 찾기 위해 노력하며 이런 마음가짐을 잊지 않는다면 언젠가는 비로소 말할 수 있으리라. 우리가 행복하기에 나도 행복하노라고.

휘넌

내어준 만큼 채워지는 행복

GUNNEN [ˈɣən.ən] | 동사 | 네덜란드어

1. 남이 무언가를 갖는 것이 마땅하다고 여기다
2. 다른 사람의 성공에서 만족감을 느끼다

　다른 사람을 행복하게 만드는 가장 빠르고 확실한 길은 무엇일까? 바로 너그러움이다. 네덜란드에 가보면 그곳 사람들이 가장 너그럽고 붙임성 좋은 국민이라는 것을 느낄 수 있다. 암스테르담에서 관광 지도를 들여다보며 발걸음을 멈춰보라. 런던이나 파리 같은 복잡한 대도시에서는 현지인들에게 비웃음과 경멸을 사기 십상이지만, 암스테르담 시민들은 먼저 다가와 도움이 필요하냐고 묻는다. 네덜란드 사람들의 넉넉한 마음가짐을 잘 보여주는 단어가 휘넌이다. 다른 사람이 긍정적인 경험을 하기를, 특히 노력해서 좋은 결과를 얻기를 바라는 말이다. 심지어 반대급부로 자신은 긍정적인 경험을 하지 못하더

라도 개의치 않는 마음가짐이다.

휘넌은 '질시하다', '시기하다'의 반대 의미인 '허락하다', '인정하다'와 가깝다고 할 수 있지만 그보다 훨씬 풍부한 뉘앙스를 담고 있다. 어떻게 보면 누군가를 '좋은 쪽으로 생각benefit of the doubt'해서 신뢰와 자비, 때로는 자기희생을 보여준다는 영어 표현과도 비슷하다.

낯선 사람에게 길을 알려주는 것이든, 다른 사람을 줄의 맨 앞에 세워주거나 식사 시간에 가장 큰 빵 조각을 남에게 내주는 행동이든, 휘넌은 받는 사람을 온종일 기분 좋게 만드는 친절을 가리킨다. 심리학자들의 연구에 따르면 다른 사람의 친절을 경험한 사람은 남에게도 친절을 베풀 가능성이 더욱 크다고 한다. 휘넌이 도미노 효과를 만들어내는 셈이다. 하지만 휘넌의 친절함은 주변 사람뿐 아니라 자신에게도 이롭다. 친절하게 행동하는 것은 긍정적인 기분을 불러일으키기 때문이다. 어쩌다 한 번 너그럽게 행동하더라도 기분이 좋아지기 마련이다. 휘넌에서는 주는 이와 받는 이 모두 승자다.

라임

친구와 한없이 느긋한 한때

LIME [lʌɪm] | 동사 | 트리니다드 토바고 크리올어

1. 친구와 음식과 술, 대화를 나누며 파티를 하거나 놀다, 느긋하게 시간을 보내다

카리브해에서 시간을 보내며 즐거움을 맛본 적이 있는 사람은 그 작고 한가로운 섬나라 특유의 느긋하고 편안한 삶을 접해보았을 것이다. 이런 삶을 한 단어로 완벽하게 요약하는 단어이자 트리니다드 토바고에서 친한 사람들끼리 일상적으로 사용하는 말이 라임이다.

영어의 '긴장을 풀다chill out'와 비슷하지만 카리브해의 독특한 분위기가 담긴 라임은 기본적으로 사교 활동을 가리킨다. 느긋하고 여유로운 시간에 자신이 아끼는 사람들을 섞고 재미를 한 스푼 넣은 칵테일과 같다.

라임을 즐기려면 최소 한두 명 이상의 친구가 있어야 하고,

긴장을 풀고 수다를 떨며 음식과 술을 나누고 그저 '있는' 것
외에 다른 특별한 목적이 없어야 한다. 그렇기에 이 느긋함은
트리니다드 토바고 전역에서 우정과 공동체의 근간을 이루고,
일과 후의 술 한잔은 물론 주말 계획이나 늘 기다려지는 축제
에 이르기까지 수많은 사교 활동의 핵심이 된다.

트리니다드 토바고 사람에게 자신이 사랑하는 고향 땅에
서 라임을 즐기자는 초대를 받거든 절대 망설이지 마라. 예술
의 경지에 이른 한가로움을 즐겨볼 기회이다. 아마도 마라카
스만Maracas Bay 해변에서 맥주나 럼을 마시며 소카(Soca, 소울 음
악과 카리브해의 민속음악 칼립소를 합친 대중음악)를 듣거나 더블스
(Doubles, 둥글납작한 두개의 빵 위에 병아리콩 카레를 얹은 것)와 베이크
앤드 샤크(Bake and Shark, 튀긴 빵 속에 상어 고기와 샐러드, 다양한 소스

를 채운 요리) 같은 다양한 트리니다드 토바고 요리를 맛보게 될 것이다.

이런 맥락으로 쓰이는 라임의 어원은 명확히 밝혀지지 않았지만, 단순히 라임 나무 아래 느긋하게 앉아 있는 것 외에 딱히 급한 일이 없는 상태를 가리킨다는 것이 정설이다. 라임은 특정 연령대나 사회적 계급에 국한되지 않고 수많은 트리니다드 토바고 사람들이 즐기며 널리 공유하는 문화이다. 이들은 여유를 즐기는 자신들의 능력에 자부심을 느끼며, 종종 자신들이 세계에서 가장 온화하고 평온한 사람들이라고 여긴다.

친구와 함께 보낼 계획이라면 스케줄을 꽉꽉 채워 넣기보다는 함께하는 휴식의 기술을 활용해 라임을 목표로 삼아보면 어떨까.

아사비야

너와 나를 위한 세상을 꿈꾸다

عَصَبِيَّة [a.sa.ˈbi:ja] | 명사 | 아랍어

1. 공동체 정신, 사회적 결속

집단의 행복이란 측정하기 까다로운 개념이다. 개인의 행복은 진심 어린 미소나 기뻐하는 말에 쉽게 드러나지만, 유목민의 아주 작은 마을부터 거대한 국가에 이르기까지 다양한 집단의 행복이란 대체 무엇일까? 한층 더 나아가 부분의 합보다 더 큰 결과를 끌어내기 위해 집단을 결속하는 무형의 접착제는 과연 무엇일까? 아랍어 아사비야는 가장 힘든 시기에도 사람들을 하나로 묶는 공동체 정신을 가리킨다.

아랍어는 이슬람교 경전에 쓰이는 성스러운 언어로 전 세계에서 3억 명 이상이 사용하고 있다. 이 매력적인 언어에 공통된 염원을 추구하는 공동체를 하나로 묶어주는 눈에 보이지 않

는 집단적 헌신을 묘사하는 단어가 있다는 것은 전혀 놀라운 일이 아닐지도 모른다. 아사비야는 집단의식에 가까울 정도의 사회적 연대와 화합, 공통된 목적의식을 가리킨다.

아사비야는 정치적 집회나 왕족의 결혼식 같은 국가적 축일에서 강렬하게 느껴지는 감정과 일맥상통한다. 그런 의미에서 국가의 지도자들은 나라가 무정부 상태에 빠지지 않도록 국민이 아사비야를 느끼길 바란다. 이런 충성심은 마음이 하나로 모인다는 점에서 국민 모두에게 유익하지만, 지도자의 미심쩍은 결정에도 복종하는 결과로 이어질 수 있다.

하지만 아사비야의 공동체 결속은 다양한 방식으로 작동한다. 어떤 사회에서는 사람들이 하나로 뭉쳐 국민을 대표하지 못하는 정부를 뒤엎는 방식으로 나타날 수도 있다. 인류 문명에서 아사비야는 주기적으로 순환한다고 볼 수 있다. 처음 집단이 생겨날 때는 가장 강력하게 발휘되다가 점차 기울고, 결국 더 매력적인 아사비야에 전복되는 단계를 밟는다는 뜻이다.

공동체의 행복이라는 측면에서는 실로 희망적인 개념이다. 때로는 어떤 형태의 아사비야 또는 사회적 결속이 공동체에 이롭게 작용하지만, 더 이상 그러지 못하면 다른 것으로 대체된다는 뜻이기 때문이다. 정치적 상황이 몹시 가혹할 때도 이 점을 가슴에 새겨두어야 한다.

개인의 행복과 마찬가지로 아사비야는 고정되지 않고 순환하며, 항상 공동체 구성원의 손으로 개정되고 갱신된다. 사회적 상황이 진정한 행복을 가져다주지 못할 때는 새롭고 혁명적인 아사비야가 나타나 변화의 물꼬를 틀지도 모른다.

페어슈테엔
같은 곳을 바라보다

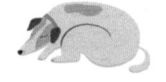

VERSTEHEN [fɛɐˈʃteːən] | 명사 | 독일어

1. 이해
2. 타인의 행동에 대한 깊은 공감. 또는 다른 사람의 처지가 되어봄

불행은 상당 부분 '같은 곳을 바라보지 못하거나' 서로 오해할 때 생겨난다. 다른 사람의 행동을 이성적이고 면밀하게 이해할 수 있다면 얼마나 좋을까. 그런 의미를 담은 페어슈테엔을 다름 아닌 실용적이기로 유명한 독일인들이 생각해냈다는 점이 상당히 흥미롭다. 이 단어는 거리를 두고 그저 이해하는 것이 아니라 '타인의 입장에 선다'는 표현처럼 남의 행동을 그 사람의 시선에서 바라본다는 뜻이다. 그렇기에 '이해하다', '알다' 등으로 단순하게 번역될 수도 있지만 훨씬 폭넓게 사회학적 사고 체계를 촉발하고 수십 년간 수많은 철학자로 하여금 인간이 서로를 진정으로 이해하는 방법을 고민하게 했다.

페어슈테엔 철학은 집중적 대화와 상호작용을 통해 다른 사람의 진정한 내적 동기와 인식, 이상을 더 자세히 통찰할 수 있다고 주장한다. 완벽하게 다른 사람의 입장에 설 수 없다는 점을 고려하면 타인을 온전히 이해하는 것 또한 불가능할지도 모른다. 그렇다 하더라도 페어슈테엔은 주어진 주제에 관해 타인이 왜 그런 의견을 품게 되었는지 더 깊이 생각해보는 개념(공감과도 꽤 비슷하다)이다. 사람들은 서로 사이좋게 지낼 때 가장 행복하고, 그러려면 진정으로 더 깊이 상대방을 이해하는 데 더 많은 시간을 할애해야 한다.

예를 들어 서로를 이해하지 못하는 어색한 순간에 배우자나 회사 동료의 말에 더 열심히 귀 기울이는 것도 페어슈테엔에 해당한다. 자신의 문화와는 너무 달라서 불편하게 느껴지기도 하는 다른 문화와 집단, 종교의 관습을 깊이 관찰하고 그들의 관점에서 이해하려고 노력하는 것도 마찬가지다. 조금 지나치게 자기 얘기만 한다는 말을 들으면 뜨끔하게 마련이다. 페어슈테엔은 자기 이야기를 잠시 멈추고 상대의 말에 귀 기울이며 진심으로 이해하고자 할 때 행복과 깊은 유대감을 얻을 수 있다는 사실을 명확히 깨우쳐준다.

66

"

함께여서 더 좋은 우리

보살핌과 친밀함에 관하여

인간은 서로를 보살피는 데 상당한 노력을 기울이며, 이런 노력은 대체로 보상을 받는다. 사람 사이의 유대와 친밀함은 심리학에서 말하는 이른바 '사회적 자본', 즉 나와 남이 서로 베푸는 호혜적 관계망이 된다. 이런 귀중한 관계망은 어떻게 생겨날까? 아일랜드에서 보한타이오흐트bothántaíocht는 '동네의 최신 소문을 듣기 위해 이웃을 방문한다'는 뜻이다. 하와이에서 호오포노포노ho'oponopono는 더 깊은 유대를 맺고 관계를 새롭게 하기 위해 용서하는 관습을 가리킨다.

사람들이 서로 보살피는 관계를 맺는다는 의미를 담은 좋은 예로는 포르투갈어 카푸네cafuné가 있다. 말 그대로 해석하면 '연인의 머리카락을 손가락으로 사랑스럽게 빗어 내린다'는 뜻

이다. 인간이 사랑하는 이들에게 얼마나 의존하는지는 '당신이 나를 묻어주길'이라는 뜻의 아랍어 야부르니يقبرني에 잘 드러난다. 나는 당신 없이 살 수 없으니 내가 당신보다 먼저 죽고 싶다는 소망을 담은 애정 표현이다.

'애정'과 '기름'이라는 두 가지 뜻을 가진 산스크리트어 스네하स्नेह는 기름을 사용하는 아유르베다식 마사지 또는 보살핌이 향유와도 같이 상대의 몸을 감싸는 이미지를 비유한 표현이다. 일본어 아마에甘え는 타인의 보살핌에 몸을 맡기는 어리광을 가리키며, 일부 유대인이 사용하는 이디시어 나헤스נחת는 자식의 아주 작은 성취에도 부모가 느끼는 애정 어린 뿌듯함을 뜻한다. 이렇듯 소중한 친밀함이 없다면 과연 어떤 기분일까? 아마도 파푸아뉴기니에서 손님이 떠난 뒤 느끼는 허전함을 가리키는 아움북awumbuk을 느끼지 않을까.

99

멜마스티아

마음을 열고 먼저 다가가기

مبلم رتید [mal'mæs.tia] | 명사 | 파슈토어

1. 대가를 전혀 바라지 않고, 인종과 종교, 경제적 지위도 따지지
   않고 모든 손님에게 보이는 호의와 깊은 경의

아프가니스탄과 파키스탄에 사는 파슈툰족에게 행복은 오랫동안 소중히 지켜온 부족의 문화적 윤리 규범 체계를 형성한 도덕적 가치에 따라 정해진다. 깊은 산속에서 정부나 법률도 없이 오랜 세월을 살아온 이들에게는 당연한 일인지도 모른다.

이런 삶의 방식은 파슈툰왈리pashtunwali라고 불리며, 파슈툰족은 오늘날에도 가장 좋은 삶의 방식을 일러주는 이 관습을 따른다. 여기에는 정의, 자존감, 관용 같은 덕목뿐 아니라 복수(파슈툰왈리의 어두운 면에 속한다)도 포함된다. 이 규범에서 가장 소중히 여겨지는 특징은 전혀 모르는 사람일지라도 차별하지 않고 넉넉한 환대를 베푸는 관습인 멜마스티아이다.

손님을 따뜻하게 맞이할 뿐 아니라 보호가 필요한 사람, 예를 들어 적을 피해 도망친 사람을 보호하는 이 관습은 파슈툰족에게 자존심이 걸린 문제이다. 현대에도 파슈툰족은 멜마스티아를 지킨다. 이 규칙은 여러 세대를 거쳐 전해 내려왔고, "손님은 신의 축복이다", "손님은 주인의 피보호자다" 같은 속담까지 생겨났다. 심지어 파슈툰족의 전통마을에는 요깃거리와 잠자리가 마련된 손님용 숙소가 따로 있을 정도이다. 현대에는 고립된 이들 마을까지 물질주의가 스며들면서 이 관습이 점점 퇴색하는 추세이기는 하다.

후한 환대라는 멜마스티아의 특징은 파슈툰족에게 여전히 강하게 남아 있으며 현대인들이 배울 점도 있다. 전 세계적으로 이웃을 사랑하라는 구시대의 지혜가 사라지고 세속적 문화권이나 공동체 속에서 살아가는 사람들이 점점 늘어나면서 배타적이고 남을 의심하는 삶이 보편화되고 있다.

고층 아파트에 사는 현대의 사람들은 옆집에 누가 사는지도 잘 모른다. 수천 년 동안 부족을 이루어 세상을 떠돌던 인간에게는 매우 부자연스러운 일이다. 진정한 멜마스티아 정신을 따라 우리의 집과 마음을 조금만 더 열어주는 것이야말로 손님(비록 복도에서 종종 마주치는 이웃이라도)은 물론 자신도 훨씬 행복한 길이다.

칸이닌파

엄마의 품처럼 안아주기

KANYININPA [kæn.jin'in.pə] | 동사 | 오스트레일리아 원주민어(핀투피족)

1. 안다, 잡아주다

사람들은 보통 사랑과 관심을 표현할 때는 숨김없이 서로 몸을 접촉하는 경향이 있다. 포옹하는 친구, 키스하는 연인, 아기를 안아 올리는 어머니…… 사람들은 말뿐만 아니라 다양한 몸짓으로 타인을 향한 자신의 감정을 표현한다.

몸을 접촉하는 것보다 사람을 행복하게 하는 것도 없다. 우리 뇌는 껴안기, 쓰다듬기, 안아 올리기에 반응해서 기분이 좋아지는 화학물질을 분비한다. 이런 점에서는 도시에 사는 사람들이나 오스트레일리아 서부 사막지대에 사는 원주민 핀투피족pintupi이나 다를 바 없다. 하지만 핀투피 언어에서 '안기'를 뜻하는 칸이닌파에는 다른 언어에서 찾아볼 수 없는 훨씬 폭넓

은 의미와 경의가 담겨 있다.

핀투피족의 가치관에 깊이 뿌리내린 칸이닌파는 여러 맥락에서 다양하게 쓰인다. 하지만 가장 아름다운 의미는 '안는' 사람과 '안기는' 사람 사이의 존중과 친밀함이라는 섬세한 관계를 가리키는 것이다. 작게는 엄마와 아이 사이, 넓게는 공동체 내의 연장자들과 보살핌을 받는 어린아이들 사이에서도 쓰인다. 실제로 칸이닌파는 전 세계 거의 모든 공동체에서 인간이 경험하는 두 극단, 즉 개인의 독립과 집단의 소속감 사이에서 발생하는 긴장감의 균형을 가리킨다.

안아주기와 안기기라는 칸이닌파의 원래 의미와 비유적 의미는 개인과 공동체 사이의 미묘한 균형을 잘 보여준다. 어떤 사회이든 앞선 세대는 다음 세대를 보살피고 가르친다는 점에서 이 섬세한 균형이 튼튼하게 유지된다. 건전한 핀투피 공동체의 중심 역할을 하는 것도 바로 이런 역학관계다. 엄마가 아기를 안고, 먹이고, 보살피듯 사회도 구성원을 안아 보살핀다.

세계 역사에서 가장 부당한 대우를 받은 원주민이 소중히 간직한 가치인 칸이닌파 정신에서 자신의 문화와 완전히 다른 문화도 동일한 가치가 있다는 사실을 깨닫는다. 사랑과 공동체에 관한 이러한 가치야말로 인류 전체가 더 상냥해지고 서로 더 존중하는 미래로 나아가게 해줄 길잡이인지도 모른다.

파삼

영혼으로 묶인 관계

ⴎⴞⴟⴑⴒⴖ ['pa:sʌm/] | 명사 | 타밀어

1. 애정

사람들을 하나로 이어주는 둘도 없는 감정 하나를 꼽는다면 뭐니 뭐니 해도 사랑이다. 깊은 사랑을 경험해본 운 좋은 사람들은 자기 마음이 사랑하는 사람에게 복잡하고도 상처받기 쉽게 '매인다'는 비유를 이해하리라. 혈연으로 묶이지 않더라도 인간은 서로 강력한 애착 관계를 형성한다. 그런 감정은 때로 엄청난 거리를 뛰어넘고 비극을 견뎌내며 오랜 세월, 운이 좋다면 심지어 평생 지속되기도 한다. 인간에게 진정한 행복을 가져다주는 것은 무엇보다도 깊은 관계이다. 깊은 애정으로 묶인 관계를 뜻하는 타밀어 파삼은 산스크리트어로 '밧줄'을 뜻하는 파삼ⴎⴞⴟ에서 유래되었다.

사랑하는 사람에게 매인다는 개념은 어떻게 보면 좋은 의미로 보이지는 않는다. 이것은 배우자나 연인을 자신에게 묶인 '족쇄ball and chain'라고 부르는 영어 표현과 조금 비슷하다. 하지만 다행히 파삼은 이보다 훨씬 다정한 의미를 담고 있어서 의무와 부담보다는 따스함과 유대감이 느껴진다.

파삼은 연인 관계에만 적용되는 것이 아니라 훨씬 더 많은 관계에서 폭넓은 의미로 쓰인다. 시바파(주로 인도 서부에서 널리 믿는 힌두교 종파)는 모든 영혼이 파삼으로 묶여 있고, 모든 영혼과 그들을 묶는 강력한 힘인 파삼은 삼위일체를 이루는 위대한 존재 파티Pathi가 관장한다고 가르친다.

이런 교리를 가진 종교를 믿든 아니든 지구상에 사는 사람들이 느끼는 연대감을 부정할 수는 없다. 단 두 명의 연인부터 작은 공동체, 거대한 도시, 국가, 대륙, 또는 지리적 경계를 뛰어넘는 종교단체까지 다양한 집단을 살펴보면 우리 인간은 임의로 분열을 초래하는 것 못지않게 연합하기를 좋아한다. 분열보다는 연합에, 우리를 갈라놓는 요소보다는 함께 묶어주는 특별한 파삼에 초점을 맞춰보는 것은 어떨까.

기길

숨이 막힐 듯 꽉 껴안기

GIGIL ['gʰiː,gilː] | 형용사 | 타갈로그어

1. (귀엽고 소중한 아기를 꼬집고 싶을 때처럼) 억누를 수 없는 상태의

가끔은 자기도 모르게 행복이 터져 나와 주변 사람들까지 내 기분이 어떤지 명확하게 느낄 때가 있다. 두려움, 당황스러움, 슬픔과 마찬가지로 기쁨에도 여러 가지 신체적 반응이 따른다. 떨림, 홍조, 눈물 대신 기쁨은 커다란 미소와 너털웃음을 유발한다. 이것이 바로 필리핀의 공용어인 타갈로그어에서 기길한 순간이라고 부르는 현상이다.

누구나 한 번쯤 겪어보았으리라. 사랑스러운 강아지가 가게 밖에 얌전히 앉아 있는 모습을 보면 갑자기 강아지를 낚아채서 꼭 안고 절대 놔주고 싶지 않은 감정 말이다. 때로는 돌고래 같은 기묘한 비명을 내지르기도 한다. 깜찍한 아기와 어린이도

기길을 유발하는 주범이다. 누구나 어린 시절 할아버지 할머니에게 볼 꼬집기를 당한 낭패스러운 기억이 있으리라.

기길한 경험은 종종 신나고, 귀엽고, 매력적이어서 자제력을 잃게 된다. 필리핀 사람들은 이 단어가 자신들의 사근사근하고 명랑한 성격을 반영한다고 생각한다. 하지만 기길한 순간이 반드시 긍정적인 상황에서만 나타나는 것은 아니다. 이 단어는 때에 따라 '조바심'으로도 번역될 수 있고, 침착함과 평정심을 무너뜨리는, 다시 말해 짜증스러운 무언가를 보았을 때 이를 악무는 반응을 불러일으키기도 한다.

어쨌거나 긍정적인 의미의 기길은 관심, 열정, 그리고 좋은 마음씨를 선호하는 보편적 성향을 보여준다. 사람들은 보살핌이 필요한 작은 생물을 좋아하고, 흔히 하듯 꺄악 하고 소리를 지르며 숨 막힐 듯이 꼭 껴안기도 한다. 다른 존재(인간이든 네 발 달린 친구든)와 신체적, 감정적으로 연결되고자 하는 기길한 충동은 여러 관계와 공동체를 이루는 핵심이다.

기길한 기분이 들게 하는 존재는 통통한 아기일 수도 있고, 강아지나 새끼 돼지일 수도 있다. 어쩌면 호기심 많은 송아지가 너무 귀여워서 아예 채식을 하기로 마음먹게 될지도 모를 일이다. 기길의 원인이 무엇이든 간에 그런 기분을 느낄 때는 이제 어떤 말로 표현해야 할지 망설이지 마라.

우니카까티기니크

우리가 살아가는 이야기

UNIKKAAQATIGIINNIQ [u:ni:ka:kra:ti:dʒi:ni:k] | 명사 | 이누이트어(이눅티툿)

1. 이야기가 지닌 힘, 공동체 삶에서 이야기의 역할

행복한 공동체를 하나로 묶는 것은 손에 잡히지 않고 정의할 수 없는 무언가, 특징을 잡기 어렵고 말로 콕 집어낼 수 없는 정신적 태도일 때가 많다. 그런 유대감은 다름 아닌 언어, 즉 이야기를 통해서 전달된다.

캐나다 북극 지방과 알래스카, 그린란드 원주민 이누이트에게는 삶의 방식에서 이야기가 차지하는 중대한 역할을 가리키는 단어로 우니카까티기니크가 있다. 이누이트 공동체 내에서 이야기는 세상의 복잡함과 삶의 굴곡에 대응하는 방법에 관한 지식을 공유하는 것이다. 우니카까티기니크는 나이를 막론하고 모든 구성원에게 가르침을 주는 중요한 도구이다.

인간의 행복에 영향을 미치는 이야기의 힘은 거의 모든 문화권과 공동체의 일상에서 쉽게 찾아볼 수 있다. 전설과 신화는 인간이 도덕규범이나 염원, 잘 살기 위한 지침을 공유할 때 없어서는 안 되는 중요한 역할을 했다. 행복의 개념 자체도 문화권에 따라 다양하다는 점에서 일종의 이야기에 속한다.

어떤 이야기를 듣고 사람들이 울고 웃고 심지어 강한 의욕을 보이는 것이 바로 우니카까티기니크의 힘이다. 이 단어는 이야기와 구전 역사가 원주민 사회와 그들의 지식에서 핵심적인 역할을 한다는 것을 보여준다. 또한 공동체 구성원에게 신중함과 겸손함이라는 문화적 제약을 깨뜨리지 않고 마음 깊이 담아두었던 기분과 감정을 표현할 기회를 준다.

잠깐 짬을 내어 자신의 문화권에서 이야기가 어떤 역할을 하는지 생각해보자. 단순한 우화에서 허무맹랑한 소설에 이르기까지 이야기는 우리가 '진짜 세상'에 대비하도록 단련시킨다. 몇몇 심리학자들은 소설이란, 가정에 기반을 둔 시나리오로 인간 행동에 관한 특정 이론을 시험해보는 실제 삶의 시뮬레이션이라고 했다. 우니카까티기니크가 당신의 행복과 당신이 속한 공동체의 안녕에 어떤 영향을 미치고 있는지 생각해보자.

Chapter 3

성품과 영혼

우리는 잘 살기 위해 여러 가지 방법을 궁리한다. 그중 중요한 한 가지가 좋은 성품을 가꾸는 것이다. 특히 고대 그리스 철학자들은 좋은 성품이 어떤 것인지에 큰 관심을 쏟았다. 아리스토텔레스는 좋은 성품을 지니려면 기질이 강직하고 행동이 고결해야 한다고 하며 행복과 인품의 밀접한 관계를 주제로 다루었다.

세계 전역에서 여전히 이 주제를 다루는 데 많은 시간을 들이고 있다. 매년 쏟아지는 자기계발서, 블로그 글, 조언, 팟캐스트 등을 보면 성격에 관한 주제가 다른 것보다 훨씬 많다. 이것은 상당히 고무적인 현상이다. 사람들이 판에 박힌 피상적인 행복을 원하는 것이 아니라 정말로 좋은 사람이 되고 싶어 한다는 뜻이기 때문이다.

그렇다면 당연히 세계의 수많은 언어에서도 가장 긍정적인 모습으로 자신을 가꾸는 방법에 관한 단어가 발달했을 것이 틀림없다. 자신의 궁극적 목표를 찾는 것일 수도 있고, 용기를 내거나 타인에게 공감하는 것일 수도 있다. 이제 좋은 성품을 가꾸는 것이 어떻게 행복으로 이어지는지 알려주는 지혜를 찾아 지구를 한 바퀴 가볍게 돌아보자.

세니

번거롭지만 뿌듯한 무언가

SENY ['sɜɲ] | 명사 | 카탈루냐어

1. 분별, 상식, 성실성

우리는 때로 무절제한 충동과 온갖 변덕을 참지 않고 뭔가를 탐닉하는 데서 행복을 느끼곤 한다. 하지만 행동을 절제하고 열심히 노력해서 목표를 이뤘을 때 가장 뿌듯하고 기쁜 것도 사실이다. 세니는 카탈루냐 시골의 삶에서 비롯된 관습이다. 보통은 '분별력' 정도로 번역되지만 성실함과 신중함, 자아실현에 이르기까지 훨씬 다층적인 의미를 아우른다.

카탈루냐 사람들과 그 문화의 특징을 뚜렷하게 보여주는 세니는 신중한 행동, 덕망, 분별력을 모두 포함하는 단어이다. 오늘날에도 카탈루냐 사람들은 이런 가치를 높이 평가하고 선조 때부터 전해 내려온 세니의 횃불을 지켜야 한다고 생각한다.

원래 카탈루냐 사람들은 이성적이고 실용적이라고 알려졌으며, 지금도 이런 면이 카탈루냐 문화의 토대를 이루고 있다. 공정함과 정의를 열렬히 추구하면서도 조심성을 잃지 않기에 카탈루냐 친구들의 충고는 진실되고 믿을 만하다고 말한다.

세니를 잘 보여주는 우화와 민담도 많다. 모두 지혜와 절제를 높이 사고 욕심과 과도함을 삼가라는 교훈을 담은 이야기다. 그중 하나는 배고픈 꼬마 쥐가 새장에 숨어들어 새를 잡아먹었다가 너무 뚱뚱해져서 새장의 철창 사이를 빠져나오지 못하게 된다는 이야기다.

집으로 피자를 배달시키고 영화도 집에서 보는 현대사회에서 욕심을 억눌러야 한다는 생각은 말도 안 되게 고루해 보일지도 모른다. 하지만 피상적인 욕구를 충족했을 때 얻는 행복은 오래가지 못한다. 게걸스러운 꼬마 쥐와 마찬가지로 가끔 우리는 한 가지 욕구를 채우느라 진정으로 바라는 것, 이를테면 건강한 몸, 지적인 정신, 의미 있는 관계 등을 희생하곤 한다.

배달 음식을 주문하거나 삼류 영화를 보려고 아무 생각 없이 휴대전화를 두드리다가 멈칫하게 되거든 세니를 조금 발휘해보자. 신선한 재료를 가지고 건강한 요리를 만들거나 계속 읽으려고 생각만 했던 책을 펼쳐보자. 길게 보면 그것이 더욱 행복한 길인지도 모른다.

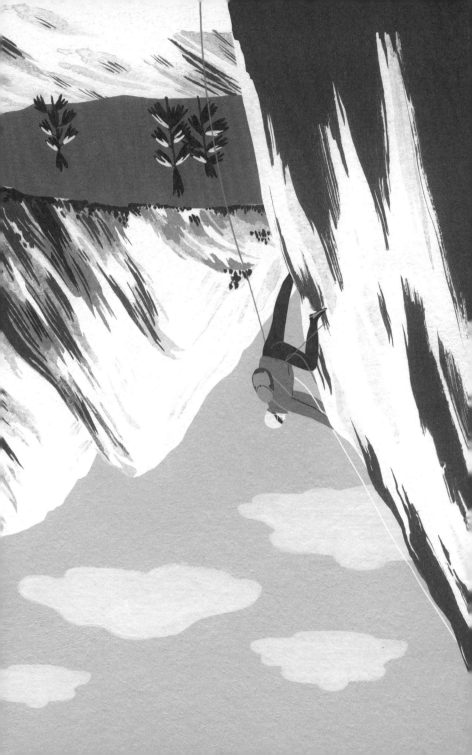

시수
혹독한 삶에 맞서는 용기

SISU [ˈsiːsu] | 명사 | 핀란드어
1. 의지력, 용기, 뚝심

    사람들이 더없이 진지하게 받아들여 국가의 상징처럼 빛나는 단어가 있다. 핀란드의 시수가 바로 그런 단어이다. 핀란드인의 존재 방식에서 뚜렷이 드러나는 시수는 상황이 불리할 때도 뜨거운 용기를 품고 살아가는 자세를 의미한다.

    강인한 회복력이 없다면 진정한 행복을 얻을 수 없다. 누구나 경험으로 알고 있듯이 삶은 고난의 연속이다. 행복은 어려움을 무시하는 순진한 낙관주의가 아니라 장애물을 넘어 해내고 말겠다는 긍정적 투지에서 얻어지는 것이다. 시수에는 가능성이 거의 없어 보일지라도 용기를 가지고 역경을 극복하기 위해 노력해야 한다는 정신이 담겨 있다. 이 짧은 단어는 탁월한

의지력, 또는 수많은 장애물 앞에서도 장기적인 목표를 향해 나아가는 흔들림 없는 뚝심을 나타낸다.

이 단어는 용기 있다는 의미를 묘하게 신체 장기에 비유하는 '간이 크다', '뱃심'과도 닮았다. 시수 또한 핀란드어로 '내부' 또는 '장기'를 뜻하기도 한다. 그러므로 시수는 위기의 순간에 종종 발휘되는 의지력을 가리킨다. 이러한 의지력은 외부가 아니라 자기 안에서 끌어올리는 것이다.

일이 생각대로 돌아가지 않을 때 발휘되는 강한 정신력 또는 스스로 동기부여를 하는 능력은 프랑스 철학자이자 작가인 알베르 카뮈의 명언과도 맞닿아 있다. "혹독한 겨울이 온다 해도 자기 안에서 변치 않는 여름을 찾을 수 있다." 겨울은 진짜 계절일 수도 있고 비유일 수도 있다. 카뮈의 말은 삶이 나를 내던지더라도 우리는 스스로 깜짝 놀랄 정도로 거기에 맞서는 커다란 내면의 힘을 지니고 있다는 뜻이다.

그렇기에 지칠 줄 모르는 용기인 시수는 행복한 삶을 추구하는 데 가장 중요한 요소 중 하나이다. 외부 상황이 잘 돌아갈 때도 행복을 느끼지만, 진정한 안녕을 얻는 것은 바로 끈기를 가지고 역경을 헤쳐나갔을 때다. 결국 고난을 두어 번 넘지 않으면 진정한 행복을 느낄 수 없다.

이키가이

나를 다시 일으키는 것들

生き甲斐 [i:ki:gai:] | 명사 | 일본어
1. 존재의 이유, 살아가는 목표와 보람

삶의 의미는 목적 있는 삶을 사는 것이라는 말이 있다. 행복에 관한 단어 가운데 '아침에 눈을 뜰 이유'라는 뜻의 일본어 이키가이만큼 이 개념을 잘 보여주는 것도 없다.

일본인들은 누구에게나 이키가이가 있다고 생각한다. 이것은 '삶' 또는 '살아 있음'을 뜻하는 이키生き와 '바라던 일의 실현'이라는 뜻을 가진 가이甲斐의 합성어이다. 하지만 누구나 자기만의 이키가이를 찾아내려면 영혼을 탐색하는 과정이 필요하다.

이 단어는 삶의 의미가 되는 무언가(가족, 또는 추구하는 목표나 꿈)를 뜻할 수도 있고, 단순히 삶에 목적이 있다는 '느낌'을 가

리킬 수도 있다. 프랑스어 레종 데트르raison d'etre(가장 중요한 존재 이유)와 비슷한 점이 많은 이키가이는 세계 여러 곳에서 발견되는 이상적인 목표, 다시 말해 침대에서 몸을 일으키고 싶어지는 무언가가 필요하다는 생각 자체를 강조한다.

이키가이는 직업에서 찾을 수도 있지만 삶의 궁극적 목적이 일에만 있는 것은 아니다. 자녀, 배우자, 친구, 창조적 열정이나 자선사업 등도 얼마든지 이키가이가 될 수 있다. 이키가이는 일이나 가족 같은 일상적 목적보다 훨씬 고상한 개념이다. 위대한 시인이나 성인들만이 진정한 이키가이를 지녔다고 여기는 일본인들도 있다. 어쨌든 살아가고자 하는 의욕의 중심에 정확히 무엇이 있는지 심사숙고해야 하는 단어인 것만은 틀림없다.

자신의 이키가이를 선뜻 짚어낼 수 있겠는가? 아니면 심오한 목적이라는 의미에서 자신의 이상을 맹렬하게 탐색하는 중인가? 상당수는 후자의 유형에 속하니 조바심을 낼 필요는 없다. 이키가이는 정해진 무언가가 아니라 내면의 잠재력을 꽃피우는 점진적 과정이기도 하다.

❝

유익한 조언

잘 사는 법에 관한 행복한 속담

성품을 갈고닦는 법과 잘 사는 법에 관한 지혜를 다음 세대에 전하는 방법으로 속담이나 격언이 있다. 세계 각국에 얼마나 다양한 속담이 있는지 살펴보면 정말 흥미롭다. 우크라이나에는 너무 열심히 일하는 것에 관한 가르침을 담은 속담이 있다. "로보타 네 보브크, 브 리스 네 브티체Робота не вовк, в ліс не втіче", "일은 늑대가 아니라서 숲으로 도망치지 않는다"는 뜻으로, 일은 얼마든지 나중에 계속할 수 있다는 의미다.

헝가리에서는 삶에 치이고 시달리는 기분이 들 때 "우지 셉 아즈 엘렛 하 자일릭Úgy szép az élet, ha zajlik"이라고 말한다. "계속되고 있다면 삶은 아름답다"는 뜻으로, 힘든 상황에서도 살아 있다는 사실에 감사하다는 의미다. 이것만으로 위로가 되지 않는다면 아일랜드 사람은 "이스 마 언 스케일리 언 암시르Is

maith an scéalaí an aimsir"라는 말로 격려해줄지도 모른다. "시간은 뛰어난 이야기꾼이다"라는 뜻의 이 속담은 지나고 나면 상황이 이해될 수도 있다는 깨달음을 준다.

부지런히 움직이라는 충고가 필요한 상황이라면 영어에는 빨리빨리 움직이라는 뜻의 '셰이크 어 레그shake a leg', 체코어에는 말 그대로 해골을 움직이라는 뜻의 '포흐노우트 코스트로우pohnout kostrou'라는 표현이 있다. 이런 말로 기분이 나아지고 활력과 원기를 되찾았다면 영어로는 '프레시 애즈 어 데이지fresh as a daisy', 즉 데이지처럼 원기 왕성하고, 스페인식으로 말하자면 '프레스코 코모 우나 레추가fresco como una lechuga', 즉 상추처럼 싱싱한 기분이 되었으리라.

"

메라키
작은 것에도 영혼을 쏟아붓다

μεράκι [maˈræ.kiː] | 동사 | 그리스어
1. 혼을 담아 또는 마음에서 우러나 무언가를 하다

이성적인 사람은 대부분 현실적인 목적에 따라 행동한다. 일하기 위해, 논리적인 결과를 끌어내기 위해, 성과를 내기 위해 특정한 행동을 하는 것이다. 하지만 행동은 이성적인 부분, 즉 뇌가 아니라 전혀 다른 곳에서 나오기도 한다. '마음에서 우러났다'고 표현하는 이런 행동은 열정을 다해 무언가를 한다는 뜻의 그리스어 메라키와 일맥상통한다. 메라키는 정열과 창의성을 쏟아붓는 것, 헌신적으로 해내는 것을 가리킨다. 춤추기부터 열렬한 관심과 애정으로 집 꾸미기까지 다양한 활동이 포함되며, 메라키에는 '훌륭한 취향'이라는 의미도 있다.

메라키는 모든 사람이 무언가를 만들어내는 지극히 일상적

인 행동, 이를테면 누군가를 위해 커피를 내리는 일에도 자신의 아주 작은 일부를 담는다는 것을 보여준다.

메라키는 인간이 때로는 논리가 아니라 영혼이라 부르는 무언가의 작용으로 움직인다는 점을 짚어낸다. 친구가 점심을 먹으러 오기로 했다면 간단하게 먹을 수 있는 음식을 준비하는 것이 이성적인 행동이다. 하지만 우리는 친구가 어떤 음식을 좋아하는지 알고 있기에 열심히 풍성한 만찬을 준비하고 가장 좋은 식탁 매트와 싱싱한 꽃으로 장식한다. 애정과 열정이 배어든 식사는 변변찮은 샌드위치보다 우리의 내적 본질을 좀 더 잘 드러낸다. 이것이 바로 메라키다.

이 단어는 음악, 노래, 그림, 글쓰기 등 예술적인 것을 추구하는 것뿐 아니라 온 마음을 쏟고 열정을 투자해야 하는 활동에도 적용된다. 그리스인들은 아름다운 집부터 활기찬 음악, 유흥, 먹음직스러운 색색의 신선한 음식에 이르기까지 다양한 분야에서 모범적인 메라클리데스μερακλήδες(메라키를 지닌 사람)를 자랑스러워한다. 이들을 본받아 모든 순간에서 즐거움을 짜내고 열정 가득한 삶을 사는 어엿한 메라클리스μερακλης(남자)와 메라클로μερακλου(여자)가 되어보자.

멘츄

좋은 사람이 된다는 것

ʍʊɹʌʊn[mentʃ] | 명사 | 이디시어

1. 인간

2. 훌륭한 사람

삶의 어느 한 가지 요소나 특징으로만 행복을 느낄 수 있는 것은 아니다. 환경이나 친구, 또는 뭔가를 성취했을 때만 행복을 느끼는 것도 아니다. 행복은 삶의 여러 가지 측면이 고루 섞여 맛을 내는 과일 샐러드이다. 마찬가지로 좋은 성품도 한 가지 특성만으로 이루어지는 것이 아니라 온갖 좋은 점을 하나로 모은 것에 가깝다. 바로 이런 점이 다층적이고 중요한 개념을 담은 이디시어 멘츄에 담겨 있다. 독일어(단순히 '사람'이라는 뜻)이자 영어에서 차용어('좋은 사람'이라는 뜻)로도 쓰이는 멘쉬 mensch에서 나온 말이다.

멘츄가 된다는 것은 훌륭한 인물, 남들이 믿고 존중하고 존

경할 만한 사람이 된다는 뜻이다. 여기에는 공정하고, 위엄 있고, 인간적이고, 인정 많고, 너그럽고, 속이 꽉 찬 사람, 또는 남들이 존경하고 심지어 따라 하려는 사람이라는 의미가 포함된다. 좋은 특징을 한데 합치면 멘츄레흐케이트מענטשלעכקייט, 즉 멘츄의 자질이 된다.

좋은 것들을 많이 갖춘 사람을 팔방미인이라고 한다. 균형 잡힌 성격을 높이 평가하는 이유는 좋은 동료나 헌신적인 일벌이 되는 데 그치지 않고 좋은 친구이자 좋은 자녀, 좋은 시민, 좋은 이웃이 되기를 바라기 때문이다. 멘츄가 된다는 것은 단순히 높은 지위나 부유함, 존경받는 직함을 손에 넣는 것과는 다르다. 이 단어는 세속적 성공과는 아무런 관계가 없다.

진정한 멘츄가 되기 위해서는 물질적 자산이나 서류에 적힌 내용보다 훨씬 더 깊은 무언가가 필요하다. 남에게 친절과 선행을 베풀고 자신의 지위가 아니라 인품으로 마음에서 우러나는 존경심을 끌어내는 삶의 자세 말이다. 내 안에 멘츄에 합당한 장점과 자질이 있는지 한번 생각해보자. 이 단어를 가슴에 담아 물질적 성공은 좋은 삶을 이루는 수많은 요소 가운데 하나에 지나지 않는다는 사실을 되새기자.

아트만
숨 쉬는 영혼을 느끼다

आत्मन् [ˈɑːtmən] | 명사 | 산스크리트어
1. 진정한 자아 또는 영혼
2. 호흡

    사람들은 대부분 자기 안에 '진짜 자신'이 존재한다고 생각한다. 그리고 행복은 이러한 내면의 진정한 자아와 긴밀히 연결되어 있다고 여긴다. 인간의 마음속 깊은 곳에 본질적 자아가 존재한다는 개념은 동서양을 막론하고 철학자들이 수세기에 걸쳐 격론을 펼친 주제이다. 이 거대하고 풍부한 철학적 담론들이 짜내는 태피스트리에서 한 가닥의 실 역할을 하며 영혼을 가리키는 산스크리트어 아트만은 매우 독특한 자아 개념을 담고 있다.

    힌두교에서는 다양한 방식으로 아트만을 설명한다. 가장 널리 받아들여지는 해석은 인간이라는 존재의 중심에서 박동하

는 심장이라는 것이다. 아트만은 에고ego보다 훨씬 깊은 의미를 지닌 영속적이고 본질적인 자아를 가리키며, 사람들이 종종 투영하는 거짓 자아보다 훨씬 상위에 존재한다.

영속적 자아라는 개념은 익히 알려진 환생, 또는 하나의 영혼이 여러 개의 임시 육체에 머무른다는 종교적 믿음을 뒷받침한다. 그렇다면 가끔 영적 경험을 하는 물질적 존재가 아니라 세속적, 육체적 경험을 하는 불멸의 영혼 아트만이 인간의 본질이라고 볼 수도 있다. 하지만 아트만이라는 단어에서 지혜를 뽑아내기 위해 반드시 심오한 종교적 믿음까지 끄집어낼 필요는 없다. 절묘하게 어울리는 두 가지 의미 '영혼'과 '호흡'은 절대적인 행복의 요소이다. 스트레스로 가득한 현대인의 삶에서 쉽게 간과되는 두 가지 요소, 즉 숨을 쉬는 것과 내면의 변함없고 영속적인 자아를 되찾는 것과 연결된다.

우리의 삶과 자아는 늘 갈피를 잡기 어려운 변화 속에 놓여 있다. 감정은 날씨처럼 자주 바뀐다. 우리가 맡는 역할 또한 매일 뉴스 헤드라인처럼 달라진다. 이러한 혼란 속에서 마음을 추스르고 싶다면 명상이나 요가 같은 수행을 통해 자신의 아트만을 만나보자. 부드럽게 들이쉬고 내쉬는 호흡처럼 필수적이고 본질적이며, 존재의 중심에서 박동하는 고유의 리듬을 되찾아보자.

아란자르시

수완을 발휘하는 재치

ARRANGIARSI [a.ran'dʒaːsiː] | 재귀동사 | 이탈리아어
1. 임기응변하다, 자신의 재주로 헤쳐나가다

때론 행운이 저절로 찾아오기도 한다. 아무런 노력을 하지 않았는데도 어느 날 갑자기 멋진 우연이 겹쳐서 나타나면 그저 느긋하게 앉아서 뜻밖의 횡재를 즐기기만 하면 된다. 하지만 어렵게 행복을 거머쥘 때도 있다. 이럴 때는 제한된 수단과 방법을 총동원해서 최선의 결과를 뽑아내야 한다.

이런 종류의 수완으로 따지면 이탈리아인과 견줄 만한 이들이 거의 없다. 이탈리아는 세계적으로 가장 사랑받는 미술, 음악, 문학, 건축물이 태어난 곳이다. 활기 넘치고 거침없으며 넉넉한 사람들이 마음만 먹으면 무엇을 이뤄낼 수 있는지는 이탈리아 음식에서도 알 수 있다.

이러한 진취성과 강인함을 바탕으로 수완을 발휘하는 재치라는 의미가 담긴 독특한 이탈리아어가 있다. 바로 주어를 다시 목적어로 삼는 재귀동사 아란자르시다. 말 그대로 해석하면 '자신을 조정하다'라는 뜻인 아란자르시는 자신의 상황, 특히 까다로운 상황에 악착같이 자신을 적응시킨다는 의미를 담고 있다. 하지만 이 말은 그저 툭 던지는 우스갯소리가 아니라 많은 이탈리아인이 삶의 신조로 여긴다. 흔히 쓰이는 라르트 디 아란자르시l'arte di arrangiarsi, 즉 '임기응변의 기술'이라는 표현에서 드러나듯이 제한된 수단만 가지고도 성공하는 기술과 창의성을 가리킨다.

이탈리아에서 라르트 디 아란자르시를 가장 잘 보여주는 것은 최소한의 재료만 가지고도 맛있는 음식을 만들어내는 마법 같은 능력이다. 특히 예로부터 빈곤했던 이탈리아 남부 지방은 지역에서 생산되는 신선한 재료 몇 가지로 만찬을 차려냈다. 오늘날까지도 세계적으로 사랑받는 그 요리법은 진정한 아란자르시의 정신을 보여준다. 포르투갈어에도 비슷한 개념이 있다. 데젠라스칸소desenrascanço는 문제에 대한 절묘한 해결책을 찾아냄으로써 까다로운 상황에서 '벗어나는' 능력을 가리킨다.

인생에서 라르트 디 아란자르시를 실천하는 것은 간단한 일이 아니다. 우선 걸림돌에 집중하는 대신 창의적 해결책을 찾아내는 기지와 적응력이 필요하다. 물론 모든 사람들이 이런 능력을 항상 발휘할 수 있는 것은 아니다. 하지만 행복에 관해 생각할 때 아란자르시는 가슴에 품어두면 힘이 될 만한 개념이다. 어려운 상황에도 끊임없이 적응하고 헤쳐나가려는 인간의 의지를 가만히 되새겨주기 때문이다.

양성
나를 돌아보는 시간

養生 [jæŋ ʃən] | 동사 | 표준 중국어
1. 삶을 돌보다, 건강을 잘 관리하다

오래오래 행복하고 건강하게 사는 것을 바라지 않는 사람은 없다. 우리 모두 아파서 고생하다 일찍 죽는 것보다 생기 팔팔하게 장수하는 삶을 원한다. 좋은 성품을 가꾸고 진정한 자아를 찾으려면 건강한 몸과 마음이라는 토대가 있어야 한다. 육체적, 정신적 건강이 좋지 않은데 자신을 갈고닦아 행복한 삶을 살기란 무척 어렵고 때로는 불가능하다. 하지만 사람들은 건강을 챙기는 일을 뒤로 미루고, 잃고 나서야 소중함을 깨닫는다. 전통 중국 의학과 깊이 연관된 도가 철학에서 '삶을 돌보다'라는 양성의 개념을 살펴보면 명확히 알 수 있다.

양성을 위해서는 건강과 노화 방지에 도움이 되는 여러 가

지 체계적이고 자발적인 수련을 매일 꾸준히 해야 한다. 신체적 건강은 화분에 물을 주듯 매일 돌봐야 하는 것이지 병들었을 때만 치료하거나 관심을 쏟는 것이 아니다. 이것이 양생의 근간을 이루는 철학이다.

양생에는 적절한 영양은 물론 태극권, 기공, 명상, 호흡법과 같이 체내 에너지의 균형을 바로잡는 심신 수련이 포함된다. 지금은 서양 문화권에서도 점차 심신 수련이 자신을 보듬고 정신적, 육체적으로 가장 건강한 상태에 도달하는 데 큰 도움이 된다는 것을 받아들이기 시작했다.

매일 자신의 건강과 활력을 돌보기 위해 어떤 노력을 하고 있는가? 건강한 습관을 들이기는 쉽지 않다. 하지만 건강하게 오래 살기 위해서는 양생의 관점에서 좋은 습관을 들여야 한다. 오늘 당장 나만의 양생 수련을 시작한다면 틀림없이 보람을 느끼게 될 것이다.

플라휠

가장 자신답다고 느끼는 것

FLAITHIÚIL [flæ'hu:l] | 형용사 | 아일랜드 게일어

1. 왕자(군주)다운

2. 인심 좋은, 아낌없이 주는, 후한

　좋은 성품이란 자신이 속한 사회에서 인정받는 것이다. 어떤 모습을 갖춰야 훌륭한 사람이 되는지는 그 사회 전체가 결정한다는 뜻이다. 따라서 다수에게 이로운 성품이 인정받는 것은 당연하다. 여기에는 친절함, 연민, 너그러움, 배려심이 포함된다. 개인적 이익을 중시하는 가장 서구적인 문화에서도 이타적인 태도와 남을 배려하는 자세는 높이 평가된다.

　이러한 개념은 아일랜드의 영어 사용자들도 널리 쓰는 멋진 단어 플라휠(철자와 발음의 차이에 주의)에 고스란히 담겨 있다. '왕자' 또는 '영주'를 뜻하는 플라flaith에서 나온 형용사인 플라휠은 도량이 넓고 고결한 성품을 묘사할 때 쓰인다. 영주는 너그

러워야 한다는 암묵적 규범이 있었던 중세시대를 연상시키는 단어이다.

플라홀은 예로부터 본보기가 될 만큼 너그럽고 곤경에 처한 사람을 기꺼이 돕는 아일랜드의 따뜻한 국민성에 매우 잘 어울리는 말이다. 낯선 이를 돕거나 시간이나 돈을 기꺼이 기부하는 아일랜드인은 어느 나라가 남을 많이 돕는지 보여주는 세계 기부지수World Giving Index에서 꾸준히 상위권을 차지한다.

플라홀의 매력적인 모순은 자신만을 생각하지 않고 남을 위해 행동할 때 가장 자신답다고 느낀다는 것이다. 사람들은 대부분 플라홀한 행위를 통해 심오한 행복을 느낀다. 사회적 동물인 인간에게 너그러움을 주고받을 때 느끼는 연대감은 자신의 안녕에(그리고 역사적으로 보면 생존에) 필수적인 요소이다. 따라서 아이러니하게도 우울한 기분을 떨쳐버리기에 가장 좋은 방법은 곤란한 친구나 가족, 심지어 생판 남에게 자신의 시간과 에너지를 제공하는 것이다.

앞에 가는 사람이 떨어뜨린 동전을 주워주는 간단한 일부터 조금 더 운이 없었던 사람의 손에 동전 몇 개를 쥐어주는 일까지 하루를 더욱 플라홀하게 보낼 방법을 찾아보면 어떨까.

아힘사

모든 생명은 소중하다

अहिंसा [əˈhɪmsɑ:] | 명사 | 산스크리트어
1. 모든 지각 있는 존재에 대한 존중과 비폭력

지구상에는 더 윤리적으로, 더 뜻있게, 그리고 본질적으로는 더 즐겁게 살라고 가르치는 종교적, 영적 개념이 수없이 많다. 그중에서도 가장 아름다운 말은 단순하게 해석하면 '해하지 않음', '비폭력'의 뜻을 가진 아힘사이다.

아힘사는 인도 자이나교에서 가장 중요하게 여기는 윤리 원칙이자 힌두교와 불교에서도 중요한 가치다. 이것은 종교를 뛰어넘는 일종의 인간적인 이상이기도 하다. 자이나교에서 아힘사는 인간이 하는 모든 행동의 기준이 되는 절대적 지침이다.

아힘사는 수동적인 행위가 아니라 모든 생물을 상냥하게 대하고자 하는 적극적인 노력을 가리킨다. 말 그대로 번역하면

'죽이려는 의도가 전혀 없음'이라는 뜻이다. 이 말의 진정한 의미는 인도에서 예로부터 전해 내려오는 우화에 잘 드러난다.

한 산야시सन्यासी(속세의 인연을 모두 끊는다는 의미에서 자신의 장례식을 치르고 출가한 힌두교 승려)가 강둑에서 명상을 하던 중 우연히 전갈을 만났다. 나무에서 강으로 떨어진 전갈은 물에 빠지지 않으려고 안간힘을 썼다. 산야시는 전갈을 건져 나무에 올려주다가 손을 전갈에게 물리고 말았다. 상처를 무시한 채 산야시는 다시 명상을 계속했다. 잠시 후 같은 전갈이 다시 물로 떨어졌다. 산야시는 다시 전갈을 돕고 다시 손을 물렸다. 이 일은 몇 차례 더 반복되었다. 마침 지나가다 이를 목격한 마을 사람이 산야시에게 큰 소리로 물었다. "왜 계속 스님을 무는 못된 녀석을 도와주십니까?" 산야시는 대답했다. "무는 것은 전갈의 본능이라서 녀석도 어쩔 수 없는 게요." "왜 그냥 내버려두지 않으시나요?" 마을 사람이 묻자 산야시가 답했다. "나도 사람이라 어쩔 수가 없소. 구해주는 게 사람의 도리라오."

아힘사에 담긴 것은 다른 생물을 위하고 존중하는 영적 수련과 그로 인한 기쁨이다. 이것이야말로 더 다정하고 공정한 세상을 만들기 위해 우리 모두 추구해야 할 자세가 아닐까.

기쁨과 영적 깨달음

인생 최고의 순간, 한껏 들뜬 마음과 유쾌함, 신비로운 경외감을 표현하는 수많은 단어와 삶의 방식이 있다. 영적으로 설명하든 좀 더 세속적인 단어를 쓰든 간에 더없이 큰 영향을 미치는 특별한 순간은 살면서 손에 꼽을 만큼도 안 될지 모르지만 그렇기에 더욱 기적같이 느껴진다.

환희에 찬 순간은 삶의 궤적을 완전히 새롭게 만들고 행복하게 바꿔놓는다. 그런 순간이 없다면 진정으로 행복한 삶이라고 하기 어렵다. 실없고 유쾌한 것부터 진지하고 심오한 것까지 기쁨의 종류는 다양하다. 하지만 이런 즐거운 순간들을 하나로 묶는 특징은 자기 초월적 느낌이다. 사람들은 웃음에, 경외감에, 타인을 향한 연민에, 영적 깨달음에 자신을 잊는다. 기쁨 또는 영적으로 깨어나는 순간에 '자기 초월'은 놀라울 만큼 긍정적이며 자유와 더 큰 유대감, 그리고 목적의식을 제공한다.

기쁨과 영적 깨달음을 표현하는 다양한 방식과 인간이 경험하는 감정의 최고봉을 세상의 수많은 언어가 어떻게 담아내고 예찬하는지 살펴보자.

세렌디피티

우연한 순간이 겹칠 때

SERENDIPITY [ˌsɛr(ə)nˈdɪpɪti] | 명사 | 영어
1. 다행스럽거나 기분 좋은 뜻밖의 우연

    누구나 한 번쯤은 '기분 좋은 우연'이 어떤 것인지 겪어보았으리라. 드물지만 하늘이 돕기라도 하는 듯 뭔가가 딱딱 맞아떨어져 매우 좋은 일이 생기는 즐거운 순간이 있다. 오히려 계획을 세웠다면 불가능했을지도 모른다. 이렇게 운 좋은 순간은 신비로울 정도로 좋은 우연의 일치를 가리키는 세렌디피티에 속한다. 여기에는 어떤 일은 운명으로 정해져 있으며 어쩌면 온 우주가 나서서 도와줬는지도 모른다는 암시가 담겨 있다.

    최근에 부쩍 관심이 생긴 분야에 관한 책을 누군가가 먼저 빌려주겠다고 하는 것, 열차를 놓쳐서 다음 열차를 탔는데 옆자리에 앉은 멋진 사람과 대화를 나누게 되는 것, 면접을 망친

다음 날 평소에 꼭 가고 싶었던 다른 회사에 취직이 되는 것. 이런 세렌디피티의 순간은 운명이라는 느낌을 준다. 이것은 모든 것이 미리 정해진 계획대로 움직인다기보다 자신이 통제할 수 있는 범위 밖에 있다는(직접 세운 최고의 계획보다 더 훌륭한 결과가 나올 수도 있다) 확신에 가깝다.

세렌디피티라는 개념은 수세기 전 호레이스 월폴Horace Walpole이라는 영국 미술사학자가 처음 만들었다. 지인에게 보내는 편지에서 월폴은 〈세렌딥의 세 왕자The Three Princes of Serendip〉라는 페르시아 동화에서 주인공들이 의도하지 않았으나 좋은 발견을 거듭하는 것을 보고 그 단어를 만들었다고 설명했다.

자기 운명은 자기 손으로 결정해야 한다고 생각하는 서양 문화권에서 세렌디피티는 꼭 나쁜 일이 아니더라도 모든 상황을 자신이 통제할 수는 없다는 사실을 일깨워준다. 댄 길버트 Dan Gilbert를 비롯한 몇몇 심리학자들은 인간이 자신에게 행복을 가져다주는 사건을 예측하는 데 매우 서투르다고 한다. 그렇다면 세렌디피티를 기꺼이 맞아들여 우리 삶에 약간의 긍정적 우연을 더하는 편이 공들여 세운 계획을 따르는 것보다 더욱 행복한 길일 수도 있다.

유겐

분홍빛 석양의 고요를 느끼며

幽玄 [ˈjuːɡən] | 명사 | 일본어

1. 우아함
2. 매우 심오하거나 헤아리기 어려운 것

너무나도 기쁜 순간은 말로 표현할 수 없는 감정을 불러일으킨다. 그래도 어떻게든 표현하고 싶을 때 등장하는 말이 유겐이다. 이것은 삼라만상의 심오하고 신비한 아름다움을 조우할 때 느끼는 감정이다. 유겐은 특히 아름다운 자연경관을 마주할 때 터져나온다. 장대한 자연경관이 눈앞에 펼쳐지는 순간 눈물이 날 정도로 깊은 감동을 느끼는 '경외감'과 닮았다.

유겐은 벚꽃이 만개한 공원을 걸을 때, 눈 덮인 산꼭대기 너머로 지는 분홍빛 해를 바라볼 때, 무리 지어 머리 위를 날아가는 두루미를 올려다볼 때 홀연히 찾아온다. 형언할 수 없고 사무치는 듯한, 온전히 이해할 수 없는 감각이 온몸을 적신다. 무

상하기 짝이 없으면서도 극히 심오한 경험은 사람을 변화시키기도 한다.

중국 철학에서 비롯된 유겐에는 자연의 무위라는 도교 사상이 담겨 있다. 누구나 별 이유 없이 잔디 몇 가닥 뽑는 것 외에도 하는 일 없이 나무에 기대앉아 있거나 부드럽게 찰박이는 물소리와 벌이 윙윙대는 소리를 들어보거나, 강물 위에서 춤추는 여름 햇살을 바라볼 때의 덧없고 목적 없는 감각을 느껴볼 필요가 있다. 그런 순간 우리는 잠시 이성을 내려놓고 순수하고 조화로운 경험에 발을 들이게 된다. 인간이 행위의 주체가 아니라 자연처럼 그저 '있는' 존재임을 깨닫는 순간이다.

그저 고요하고 평온할 때는 물론 강렬하게 마음을 움직이다 불현듯 인간의 능력으로는 이 세상의 장엄함을 온전히 이해하거나 담아낼 수 없음을 깨닫는 순간이 바로 유겐이다.

유겐은 계획한다고 해서 경험할 수 있는 일상적인 감정이 아니다. 하지만 모든 현대인이 경험해봐야 할 감정이다. 절반의 의미밖에 담아내지 못하더라도 감정을 표현할 단어가 있다는 것만으로 사람들은 그 경험에 더욱 가까이 다가서기도 한다. 두어 시간 정도 '자연에서 목적 없는 시간'을 다이어리에 표시해두고(경치가 아름다운 곳, 해 질 무렵이면 더욱 좋다) 나만의 유겐을 찾는 여정을 시작해보자.

다디리

자연의 소리에 귀 기울이기

DADIRRI [dəˈdɪri] | 명사 | 오스트레일리아 냥이쿠룽쿠르족어
1. 깊이 듣기, 자연에서 자신의 자리에 대해 겸허하게 사색하기

오스트레일리아의 노던준주Northern Territory 댈리강Daly River 유역에 거주하는 원주민 냥이쿠룽쿠르Ngangikurungkurr족 언어에는 다디리라는 개념이 있다. '사색' 정도로 번역할 수 있지만 단순한 명상적 사고 이상의 뜻을 담고 있다. 더 정확히 해석하면 '내면 깊이 귀 기울이기'나 '조용하고 차분한 인식'이라고 할 수 있다. 다른 사람의 말, 또는 강둑에 홀로 앉아 있을 때 느끼는 자연의 속삭임에 영적 파장을 맞추는 행위이기도 하다.

다디리는 생산적인 사고라기보다는 매우 겸손하고 수용적인 태도로 세상을 인식하는 것에 가깝다. 다디리의 정신으로 귀를 기울이면 자기 내면을 깊이 느끼고 외부 풍경에서 자신의

자리를 자각하게 된다. 이런 경험은 어떤 의미에서 깊은 충족감을 준다. 더불어 다디리에는 강물과 날씨 같은 자연의 느린 속도를 향한 존중과 평온한 인내심(빡빡한 도시 생활에서 자신에게만 몰두하는 태도와는 완전히 반대되는 개념)도 깃들어 있다.

냥이쿠룽쿠르족과 같은 문화에서 자연을 존중하고 영적 유대를 느끼는 것은 드문 일이 아니다. 냥이쿠룽쿠르라는 이름 자체도 자연에서 나온 것이다. 냥이ngangi는 '단어' 또는 '소리', 쿠리kuri는 '물', 쿠르kurr는 '깊다'는 뜻으로 풀이하면 '깊은 물의 소리'라는 의미다. 오랫동안 여러 원주민 부족들이 그래 왔듯이 이들도 자신들의 생존을 책임지는 땅을 신성시한다.

자연에 의존해서 깊은 유대감을 느끼며 사는 이들이 다디리 같은 개념을 만들어내는 것은 당연한 일이다. 다디리는 영적 깨달음을 원한다면 대자연 어머니든 광대한 우주이든 더 신비로운 힘이든 자신보다 훨씬 거대한 무언가에 마음을 열어야 한다는 것을 보여준다. 현대의 콘크리트 숲에서는 그런 겸허함을 잃기 쉽지만 그렇다고 되찾지 못할 것도 없다. 오늘이라도 짬을 내어 평온하게 받아들이는 다디리의 자세로 가만히 앉아 주변 환경의 변화에 귀 기울여보자.

케피

기분이 좋을 때는 함께 춤추기

ΚΈΦΙ ['keə.fi] | 명사 | 그리스어
1. 들뜬 기분, 흥겨움, 활력, 삶에 대한 사랑

인간의 모든 감정은 특정한 몸짓으로 표현되지만, 그중에서도 가장 아름답게 나타나는 감정은 기쁨이리라. 기쁨의 순간은 춤으로, 노래로, 웃음으로 구현되며 심지어 펄쩍펄쩍 뛰어오르는 사람도 있다. 이러한 표현은 거의 모든 문화권에서 나타나지만 기쁨의 몸짓을 정확히 담아낸 단어가 바로 그리스어 케피다. 이는 정확하게 번역하기 까다로운데 '들뜬 기분'이나 '흥겨움'과 비슷한 의미를 지닌다.

그리스에 가본 적 있는 사람이라면 그리스인이 삶을 향한 사랑, 즉 케피를 표현하는 데 특출한 재능이 있다는 사실을 알고 있으리라. 온화한 여름밤에 춤추기, 전통술 우조ouzo 마시

기, 접시 깨기(그리스에는 행사에서 액막이로 접시를 깨는 관습이 있다 – 옮긴이 주) 등 온갖 떠들썩한 환희가 펼쳐진다. 케피는 흥에 겨워 진심으로 즐기고 내면에서 차오르는 기쁨을 생기 넘치는 몸짓으로 표현하면서 카타르시스를 느끼는 것이다.

케피는 매우 집단적인 경험이기도 하다. 마을 행사에서 사람들이 서로 팔짱을 끼거나 손을 잡고 춤추는 그리스 전통 민속춤은 케피를 명확하게 보여준다. 근심 걱정 없이 박자에 맞춰 활기차게 움직이는 사람들의 춤사위에는 케피가 흠뻑 배어 있다. 하지만 케피의 순간은 쏜살같이 지나간다. 자신의 고민을 잠시 잊게 해주는 희열에 찬 순간은 오래가지 않는다. 하지만 희소하기에 더욱 특별하게 느껴지는지도 모른다.

그리스인에게 케피의 핵심은 상황이 어려울 때도 긍정적이고 기쁨이 넘치는 순간을 소중하게 즐긴다는 것이다. 케피는 한껏 들뜬 기분을 서로 나누면서 한데 묶는 역할을 한다. 사회적 연대가 인간의 행복에서 가장 중요한 심리적 요소라는 점을 생각할 때 그리스 사람들은 케피를 불쾌한 상황에 대처하는 방법으로 활용하고 있는 듯하다. 그런 상황을 극복할 때 가장 필요한 것은 강력하고 끈끈한 유대감이며, 케피가 바로 그런 감정을 불러일으킨다.

윔지

동화 속 주인공처럼 즐겨보기

WHIMSY ['wɪmzi] | 명사 | 영어

1. 장난스럽게 하는 별나거나 기발한 행동 또는 농담

여느 문화권과 마찬가지로 영국인은 자신들만의 독특한 유머 감각으로 즐거움을 표현한다. 이 유머의 한 측면을 표현한 것이 신기하게도 번역하기 어려운 단어 윔지다. 상상력 넘치는 것부터 기묘한 것, 귀여운 것, 우스운 것 등 다양한 뜻으로 쓰일 수 있으며, 이 모든 것을 섞은 색다르고 신기한 말이다.

영국인들은 윔지컬한 것을 보고 즐거워한다. 원래 엄격하고 진지한 문화이기에 이런 재미가 균형을 잡는 역할을 해주는 것이다. 에드워드 7세 시대의 엄격한 집안에 웃음과 윔지를 가져다주었던 마법사 유모 메리 포핀스Mary Poppins를 떠올려보자.

윔지컬하다는 것은 가볍고 자유분방하면서 좀 터무니없는

구석이 있다는 뜻으로 매우 다양한 상황에 적용할 수 있는 형용사다. 예를 들어 전형적인 영국 찻집 내부가 꽃무늬 벽지와 깃발, 자수 액자로 장식되고 찻잔은 짝이 맞지 않는다고 하면 윔지컬하다고 표현할 수 있다.

사람도 충분히 윔지컬한 모습을 보여줄 수 있다. 재치 있거나 흥미로운 방식으로 세상을 바라보는 사람(토끼굴을 통해 이상한 나라로 들어간 앨리스가 만났던 기묘하고 윔지컬한 캐릭터들을 떠올려보자)들처럼 말이다. 어떤 사람들은 화려한 색상이나 무늬와 스타일의 비범한 조합으로 윔지컬한 옷차림을 즐기기도 한다.

윔지에는 기본적으로 변덕스럽고 인생을 너무 진지하게 받아들이지 않는 태도가 묻어 있다. 그래서 이 단어는 신화나 동화에 나오는 캐릭터, 특히 장난기 많고 기이하며 신출귀몰한 요정이나 난쟁이들을 표현하는 말로 자주 쓰인다.

아무 이유 없이 하루에 한 가지씩 당신의 세상에 약간의 윔지를 솔솔 뿌려보자. 바보 같거나 엉뚱하거나 얼토당토않은 행동을 해보는 것이다. 현대인의 삶은 대부분 저 멀리 있는 성공, 지위, 성취라는 결승선을 향해 한없이 진지하게 달려간다. 그러니 피곤에 찌드는 것도 무리가 아니다. 진지한 삶에 맞서 가벼운 재미를 더하기 위해 가끔은 현실 도피적이고 터무니없는 상상의 나래를 펴고 윔지컬한 여유를 즐기자.

❝

오늘 저녁 뭐 먹지?
세계 사람들이 음식을 즐기는 법

　소소한 즐거움 중에 가장 좋아하는 것을 꼽으라면 단연코 먹는 것이다. 먹는 즐거움을 표현하는 언어는 매우 다양하다. 조지아에서 셰모메자모shemomedjamo는 '음식이 너무 맛있어서 배가 부른데도 계속 먹는 것'을 가리키는 말이다. 그렇게 먹고 나서 기분이 몽롱해지는 것은 이탈리아어 아비오코abbiocco다.

　음식을 먹고 나면 으레 카페인 음료가 등장한다. 커피를 마시면서 삶과 가치관, 철학에 관한 이야기를 나누려고 정기적으로 모이는 친구들을 그리스에서는 파레아Παρέα라고 부른다. 이와 비슷하게 스웨덴에서는 커피와 빵을 즐기는 휴식 시간을 피카fika라고 한다. 커피에서 알코올 음료로 넘어가면 와인을 마실 때는 주둥이가 긴 카탈루냐 주전자 포론porrón이 유용할

것이다. 터키에서는 정신을 잃을 정도는 아니지만 알딸딸하게 좋은 기분을 차키르케이프çakırkeyif(영어의 팁시tipsy와 비슷하다)라고 한다.

음식 관련 예절은 어떨까? 페르시아 문화에서는 지인한테 자기 집에서 저녁을 먹고 가라고 할 때처럼 남의 호의를 받아들이는 복잡다단한 예절을 타로프تعارف라고 한다. 섬세한 기술인 타로프에 따르면 그 제안이 진심인지 그저 체면치레인지 확인하기 위해서는 거절하고 설득당하는 과정을 서너 번 거쳐야 한다. 더 간단한 식사에는 나름의 단어가 따로 있다. 아이슬란드어 아울레크álegg는 빵 위에 올리는 것(잼, 고기, 치즈 등)을 통틀어 부르는 말이며, 영어에서 피자 위에 올리는 토핑topping과도 비슷하다. 자, 이제 배고픈 사람 손 들어라.

99

봉 비방

때로는 감정이 이끄는 대로

BON VIVANT [bɔ̃ vivã] | 명사 | 프랑스어

1. 말 그대로 '잘 사는 사람'. 호화롭고 사교적인 삶을 누리는 사람.

개인의 성격은 자신이 속한 문화와 매우 밀접하게 묶여 있어서 둘 사이의 경계선을 명확히 긋기가 어려울 수도 있다. 그렇기에 좋은 와인과 정열적 연애, 세련된 파리지앵의 나라 프랑스에는 화려한 인생을 향한 사랑을 온몸으로 구현하는 듯한 사람을 가리키는 말이 존재한다.

말 그대로 '잘 사는 사람'이라는 뜻인 봉 비방은 영어에서도 종종 쓰이는 말이다. 누구나 익히 아는 인물상을 가리키는 말이기 때문이다. 봉 비방을 그려보라고 하면 멋지게 차려입고 샴페인을 홀짝이며 내로라하는 친구들을 불러 모아 디너파티를 여는 사람을 쉽게 떠올릴 것이다.

봉 비방의 삶에는 깊이가 없다고 여기는 사람도 있으리라. 하지만 인생의 즐거움을 누리는 생활 방식은 피상적인 현대의 삶에서 생겨난 것이 아니라 고대 그리스의 쾌락주의hedonism까지 거슬러 올라가는 관습이다.

'쾌락'을 뜻하는 그리스어 헤도네hēdonē에서 나온 철학은 쾌락을 추구하고 고통을 회피하는 것이 인간이 추구하는 근본적인 행복이므로 그러한 욕구 충족은 삶의 타당한 목적이라고 여긴다. 이 철학에 동의하지는 않더라도 하고 싶은 대로 하고 나면 확연히 기분이 좋아진다는 것은 부정할 수 없는 사실이다.

흥미롭게도 현대 심리학에서 행복은 두 가지 의미로 분류된다. 헤도니아hedonia는 쾌락을 추구하는 행복, 유데모니아eudaimonia는 교육을 받거나 가정을 꾸리는 것처럼 당장 즐겁지는 않더라도 더 깊은 의미가 있는 경험을 하는 행복을 가리킨다. 따라서 행복한 삶이란 두 가지 경험이 결합되어 나타난다는 점에 유의할 필요가 있다.

봉 비방답게 눈부신 불빛과 샴페인이 흘러넘치는 파티로 나날을 보내지는 않더라도 약간의 쾌락을 더하면 일상에서 활력과 행복을 어느 정도 찾을 수 있다. 풍성한 거품 목욕이나 와인 한 잔, 맛있는 디저트 같은 사소한 것이라도 상관없다. 프랑

스 사람들에게 삶의 작은 사치를 누리는 법을 배운다면 그런 즐거움은 삶의 궁극적인 목표는 아닐지라도 '잘 사는 삶'이라는 조각보를 완성할 조각 하나쯤은 될 것이다.

주옌 펀

강렬한 운명적 끌림

DUYÊN PHẬN [zwiən┤┤ fən┤ˀ↲?] | 명사 | 베트남어

1. (운명적으로 이어진)인연. 연분

영혼으로 맺어진 듯한 소울메이트soulmate를 만나본 적이 있는가. 이것은 낭만적 관계 또는 특별한 우정을 가리키는 아름다운 단어이다. 소울메이트는 믿기 어려울 정도로 자신과 잘 맞고 세상을 바라보는 시각도 비슷해서 만난 것 자체가 기적으로 느껴지는 사람을 가리킨다. 종교적 신앙이 전혀 없는 사람이라도 '하늘이 정해주었다'거나 '영혼의 짝'이라고 말할 수 있는 상대이다. 이 사람을 알게 된 것이 운명이라는 강렬한 기분을 느끼거나 이미 오랫동안 그 사람을 알고 있었던 것만 같은 기묘하고 미신적인 느낌마저 들 수도 있다.

베트남에서는 다른 사람의 영혼과 운명적으로 이어져 있는

듯한 느낌을 주옌 펀이라고 부른다. 친구든 연인이든 소중한 상대를 만났을 때 미리 정해진 듯한 운명적인 끌림을 경험하는 주옌 펀을 베트남 사람들은 매우 진지하게 받아들인다. 이런 의미에서 주옌 펀은 기분 좋은 우연을 가리키는 영어 단어 세렌디피티(119쪽 참조)와도 닮았고 잘 알려진 불교 개념 카르마(업)와도 비슷하다. 다만 운 좋게 맺어지는 관계만을 가리킨다는 점에서 차이가 있다.

베트남은 중국 문화의 영향을 많이 받았기에 중국 철학, 특히 친밀한 관계의 운명적 본질을 가리키는 유엔펀缘分과 관련된 것이다. 중국에는 "두 사람이 한 배를 타려면 백 번의 환생을 거쳐야 하지만, 두 사람이 한 베개를 베려면 억겁의 세월을 거쳐야 한다"는 아름다운 표현이 있다.

주옌 펀은 인생에서 가장 고양되고, 환희에 차고, 영적인 경험을 통해 소중한 사람을 만난다는 의미이기도 하다. 몇몇 특별한 사람들을 우연히 만나 삶의 경로가 완전히 바뀌는 경험을 하게 된다. 따라서 이것이 운명, 즉 주옌 펀이라고 느끼는 것은 이상한 일이 아니다. 세상에는 '그렇게 정해져 있었다'고 느껴지는 우정이나 연애가 있고, 그런 운명의 상대가 없는 삶을 상상하기란 불가능에 가까운 법이다.

주아 드 비브르

브리오슈로 우아한 아침을

JOIE DE VIVRE [ʒwad vivʀ] | 명사 | 프랑스어

1. 삶을 풍부하게 즐김

프랑스에서 즐거움은 그저 감정의 한 종류가 아니라 사고방식이자 세계관이며 심지어 삶의 철학이라고도 할 수 있다. 환희로 가득한 삶을 살고자 하는 프랑스인들의 욕구는 말 그대로 '삶의 즐거움'이라고 해석되는 주아 드 비브르라고 불린다. 존재한다는 것을 느끼고자 하는 인간의 열의와 열정을 나타내는 이 특별한 단어는 이미 오래전 영어에 편입되었다.

영어권에서도 즐겨 쓰는 이 표현이 더없이 프랑스적인 이유는 삶의 목적이 항상 현실적인 것은 아니며 열정을 따라갈 수도 있다는 인식에 있다. 프랑스인이 세상에서 가장 잘 아는 것이 다름 아닌 열정이다. '프렌치 키스'가 생겨난 나라 아닌가.

주아 드 비브르는 현실적인 삶의 목적이 아니라 짜릿한 재미를 찾으려는 태도이다. 딱히 이유는 없다. 영화 〈아멜리에〉에서 여주인공이 열 손가락에 꽂은 라즈베리를 하나씩 쏙쏙 빼먹는 장면이 바로 완벽한 주아 드 비브르의 이미지다.

프랑스 사람들은 일상에 주아 드 비브르를 적용하는 데 뛰어난 재능을 가지고 있다. 주아 드 비브르는 음식을 즐기는 방식으로 나타날 수 있다. 전 세계에서 둘째가라면 서러울 정도로 자기 나라의 음식에 아낌없이 투자하기로 유명한 프랑스에서는 간단한 아침도 군침 도는 호사로 변신한다. 따끈한 브리오슈brioche나 달콤한 팽 오 쇼콜라pain au chocolat를 생각해보라. 그 외에 예술적 취미, 여행, 연애, 또는 삶의 즐거움을 한껏 누리고 있다고 느끼게 해주는 활동을 통해 주아 드 비브르를 느낄 수도 있다.

잊지 말아야 할 것은 주아 드 비브르란 손 놓고 기다리는 특정한 상황이 아니라 존재의 방식이라는 점이다. 인생에서 즐거움을 경험하고 음미하는 것은 적극적 행위이지 소극적 기다림이 아니다. 주아 드 비브르는 언제든 바로 시작할 수 있는 행동이라고 할 수 있다. 생일이나 결혼식처럼 아주 드문 상황에서만 즐거움을 느끼는 것이 아니라 사소한 일을 즐기는 것은 자신의 선택이다.

무라카바

마음속에서 신을 발견할 때

مراقبة [mʊrəkəbe] | 명사 | 아랍어(수피교)

1. 지켜보기, 돌보기
2. 명상을 통해 자신의 영적 마음을 민감하게 인식하는 상태

모든 종교에는 신에게 드리는 예배뿐 아니라 개인의 안녕을 위한 영적 수련 방식이 있다. 그중 명상은 종교적 신앙이 없는 사람들에게도 잘 알려진 수련법이다. 이슬람 신비주의 종파인 수피교에는 예로부터 전해 내려온 독특한 명상법 무라카바가 있다. 이것은 명상을 통해 자기 관리에 주의를 기울인다는 말이다.

무라카바에는 중요한 전제조건이 있다. 무하사바محاسبه, 즉 자기 감사 또는 자기 점검 과정이 필요하다는 것이다. 이것은 가능한 매일 자신의 행동과 동기, 결과를 규칙적으로 점검하는 수련이다. 무하사바 수련에서는 스스로 다음과 같은 질문을 던

져야 한다. 왜 그런 방식으로 행동했는가? 그 결과는 무엇인가? 이루지 못한 것은 무엇인가? 자신의 행동에 스스로 만족하는가? 자신의 숭고한 포부에 어긋나지 않는가?

수피교 전통에서는 무하사바를 통해 자신을 '샅샅이 뜯어봄'으로써 신과의 관계를 긍정적으로 발전시킨다고 여긴다. 이 수련을 하는 사람들은 점점 주의 깊어지고 신의 영향력을 예민하게 인식한다. 따라서 무하사바(자기 점검)와 무라카바(명상)를 꾸준히 계속하면 결국 자기 마음속에서 신의 존재를 발견하는 경지에 이르게 된다.

이 영적 수련법은 수피즘, 그리고 더 폭넓게는 이슬람의 방대한 종교적 믿음과 관습의 일부이다. 하지만 이러한 영적 이상은 종교를 믿지 않는 이들의 삶에도 얼마든지 흥미로운 빛을 비춰줄 수 있다.

현대의 인지과학자들은 다양한 명상을 통한 영적 수련이 심신을 차분하게 할 뿐만 아니라 뇌에도 변화를 일으켜 결과적으로 자아에도 영향을 미칠 수 있다고 한다. 이러한 연구는 시작에 불과하기에 결과는 아직 확실하지 않다. 하지만 영성과 과학 사이에 흥미진진하고 건설적인 교차점이 생겨나고 있으며, 믿는 바는 각자 다를지라도 우리 모두 고대 종교의 지혜에서 도움을 받을 수 있는 것만은 분명하다.

우기-워드간
마음에 먹이를 주는 일

UKI-OKTON [uːɡiːʊədɡɒn] | 명사 | 호데노쇼니어(이로쿼이어)
1. 인간과 자연에 나타나는 긍정적-부정적 영적 에너지 사이의 균형

행복이란 개념은 여러 문화권에서 복잡한 형태로 나타난다. 다양성을 받아들이면 특정한 단어나 어구의 미묘한 의미에 매력을 느낄 수 있다. 말로 표현하기 어려운 뉘앙스가 존재한다는 사실을 알기 때문이다. 하지만 다양성을 겸허하게 받아들이지 못했을 때 상당히 왜곡될 수 있는 개념들도 적지 않다.

아메리카 인디언인 호데노쇼니족Haudenosaunee(또는 이로쿼이족Iroquoian)의 우기-워드간도 그런 단어 중 하나이다. 인간과 자연 양쪽에 존재하는 긍정적인 영적 에너지를 뜻하는 우기는 종종 오렌다orenda와 동일하게 받아들여지기도 한다. 하지만 현대에 들어 오렌다는 한 쌍을 이루는 우기-워드간이 아우르

는, 호데노쇼니의 복잡하고 섬세하며 균형 잡힌 믿음의 반쪽밖에 나타내지 못한다는 주장이 대두되었다.

우기-워드간에서 긍정적 영적 에너지인 우기는 부정적 영적 에너지인 워드간의 작용으로 균형을 이룬다. 하지만 우기와 워드간 모두 본질적으로 선하거나 악하지 않고 그저 원래 그대로 '있을' 뿐이다. 모든 것은 본질적으로 흑백으로 나눌 수 없다는 뜻이다. 호데노쇼니의 신화에서 쌍둥이인 우기(어린 나무)와 워드간(부싯돌)은 둘 다 인간에게 도움을 주기도 하고 소란을 일으키기도 하는 존재이다. 이것은 자연이나 인간의 삶에서 확실성과 불확실성의 균형을 나타낸다.

그렇다면 우기-워드간은 모든 사물에 존재하며 인간은 스스로 긍정적인 면을 강조하는 도덕적 행위를 선택할 수 있다는 의미인지도 모른다. 이런 개념은 북미 원주민 부족 체로키의 민담에 잘 반영되어 있다. 현명한 할아버지는 손자에게 조언을 하면서 모든 사람의 마음속에서는 자비와 상냥함, 정의를 나타내는 '좋은 늑대'와 욕심, 질투, 거만함을 나타내는 '나쁜 늑대'가 싸우고 있다고 얘기한다. 궁금해진 손자가 "그럼 할아버지, 어떤 늑대가 이겨요?"라고 묻자 할아버지가 답한다. "네가 먹이를 주는 녀석이지."

Chapter 5

—

균형과 평온

자연과 마찬가지로 인간의 삶에도 들어왔다가 빠지고, 찼다가 기울고, 피었다가 지는 주기가 있다. 감정적 삶에 즐거움과 행복이라는 산봉우리가 있다면 골짜기도 존재할 수밖에 없다. 항상 '올라가기'만을 기대할 수는 없는 법이다.

영어에는 다운타임downtime이라는 좋은 단어가 있다. 원래 기계를 꺼두는 시간이라는 뜻인데, 일이나 활동을 멈추고 그냥 쉬는 시간을 가리키는 의미로도 쓰인다. 그렇게 '내려놓는' 평온한 시간이 인간의 안녕에 필수적이라는 사실을 모르는 사람은 없으리라. 정신적, 육체적 건강을 유지하려면 활기찬 움직임과 고요한 휴식 사이의 절묘한 균형이 반드시 필요하다. 두 가지 사이에서 평형을 유지하는 것을 흔히 균형 잡힌 삶이라고 부른다. 하지만 이런 균형을 해석하는 방식은 경험으로 이루어지는 복잡하고 다양한 모자이크와도 같다.

완벽하게 실용적인 것(덴마크 특제 '워라밸'이라든가)부터 심오한 것(자연이 이치에 맞게 흘러가도록 두라는 중국 철학 등)까지 한껏 고조된 감정을 분별 있는 균형과 원기 충전, 평온함으로 다스리는 인간의 특별한 능력을 담은 단어들을 찾아 지구를 한 바퀴 둘러보자.

라곰
딱 그만큼만으로도 좋은 것

LAGOM ['lɑːgɔm] | 형용사 | 스웨덴어
1. 딱 알맞은, 적당한

무엇이든 부족하면 불만이 쌓이고 지나치면 불편해지게 마련이다. 그런 이유로 〈골디락스와 곰 세 마리〉 이야기처럼 '딱 적당한' 것이 얼마나 좋은지도 누구나 알고 있다. 특별한 종류의 균형 잡힌 축복을 가리키며 스웨덴 사람들 특유의 분별과 아량을 잘 보여주는 단어가 라곰이다.

탐욕스러운 소비지상주의를 대체하는 대표 주자로 알려진 라곰은 한 번에 먹는 케이크의 양에서 실내 온도, 환경 관련 지속 가능성 같은 범세계적인 주제에 이르기까지 모든 문제에 적용된다. 어떤 종류의 경험에도 딱 맞는 양이 정해져 있으니 그것을 넘지 않는 편이 좋다는 의미를 내포한다. 따라서 절제와

빈틈없는 판단이 필요하다는 점은 스웨덴에서 자주 쓰이는 라곰 에르 베스트lagom är bäst라는 표현에 잘 담겨 있다. 말 그대로 '딱 알맞은 양이 가장 좋다'는 뜻이지만, 절제가 곧 미덕이라는 의미로 번역되기도 한다.

사람들은 대체로 적당한 충족에서 행복을 느낀다고 생각하지 않는다. '풍요롭고', '엄청난 양'을 손에 넣고, '풍족한' 걸로도 모자라 '넘쳐날' 때 최상의 행복을 느낄 수 있다고 여긴다. 하지만 지나친 경험은 신선함이 유지되는 동안에만 즐거움을 가져다줄 뿐이다. 엄청나게 커다란 횡재를 한 뒤에도 대부분 원래 기준선만큼의 행복도로 돌아간다.

심리학에서 '쾌락 적응' 또는 '쾌락의 쳇바퀴'로 알려진 이 개념은 '더, 더, 더'를 외치는 인간의 욕망에 끝이 없음을 보여준다. 언젠가는 욕구가 채워지는 날이 올 거라는 믿음으로 자신을 속인다 해도 새로운 욕구는 끝없이 생겨난다. 라곰의 필요성을 증명하는 데 더 확실한 증거가 필요할까?

우리 모두는 라곰한 선택을 하고 그 결과 긍정적 혜택을 얻을 수 있다. 가장 큰 혜택은 신중하고 침착하게 스스로 만족감을 택함으로써 소비 지향적 세상의 채울 수 없는 허기를 물리치는 것이다. 낭비하지 않고 간단한 재료로 소박한 음식을 만들 때라든가, 급한 일과 휴식 사이에서 일과 삶의 균형을 잡을 때와 같이 라곰은 극단보다 적당함을, 광적인 축적보다 스스로 만족하는 행복을 선택하는 삶의 방식이다.

아요르나맛

삶을 받아들이는 태도

AJURNAMAT [a:jɜːnæmæt] | 숙어 | 이누이트어(이눅티툿)

1. 어쩔 수 없거나 자신의 통제를 벗어난 일을 차분하게 받아들임

행복하지 못한 순간은 대부분 자신이 바꿀 수 없는 무언가를 통제하려고 기를 쓰고 고집을 부릴 때 찾아온다. 〈평온을 위한 기도Serenity Prayer〉는 바꿀 수 없는 것을 받아들이는 평정심과 바꿀 수 있는 것을 바꾸는 용기, 그 둘을 구별하는 지혜를 간구하는 내용이다. 이 기도는 지극히 단순하면서도 실천하기 어려우며 종종 행복과 불행의 차이를 가르는 기준을 잘 나타낸다.

캐나다 극지방의 이누이트족이 주로 사용하는 이눅티툿 언어에는 이러한 철학을 고스란히 담은 아요르나맛(ayurnamat이라고 쓰기도 한다)이라는 표현이 있다. 아요르나맛은 그저 어쩔 도리가 없는 상황(심지어 극도로 괴롭고 힘들지라도)에서 사용하는 말

이다. 아주 작은 사고부터 극단적인 비극에 이르기까지 아요르나맛은 바꿀 수 없는 것을 바꿀 수 있다는 믿음으로 쓸데없이 자신을 괴롭히지 말라는 의미를 담고 있다.

오랫동안 지구상에서 가장 혹독한 날씨를 견딘 사람들이 그런 단어를 만들어냈다는 것은 놀라운 일이 아니다. 실제로 아요르나맛은 자연과 밀접한 관계를 맺으며 살아온 원주민 문화에서 발견되는 특징이기도 하다. 자연을 지배할 수 있다는 착각에 빠지는 것이 아니라 자연의 변화무쌍함을 존중하고 겸허히 받아들이는 태도를 가리킨다.

그렇다면 자신이 모든 것을 통제한다는 생각을 버리고도 잘 살 수 있을까? 대답은 말할 것도 없이 '그렇다'이다. 사실 통제라는 것은 환상에 지나지 않는다. 자신이 만물의 영장이라는 믿음으로 스스로를 속이면서 계속 가다 보면 발이 걸려 고꾸라질 뿐이다. 이러한 생각은 생존을 도모하는 원주민부터 완벽한 결혼식을 할 수 있다고 믿었다가 당일에 비를 만난 도시의 신부까지 다양한 상황에 두루 적용된다. 결혼식 날 내리는 비는 단순히 자연의 심술일까, 아니면 아요르나맛을 실천하여 장화를 꺼내 신고 물을 튀기며 결혼식을 즐길 기회일까? 선택은 언제나 당신의 몫이다.

솔라르프리

햇살 가득한 날은 휴일

SÓLARFRÍ [sɒlɑːfriː] | 명사 | 아이슬란드어
1. 계획에 없었으나 날씨가 좋아서 일을 쉬는 날

출퇴근을 하는 직장인이라면 월요일 아침에 가끔(또는 자주) 딱 하루만 더 쉬면 소원이 없겠다는 기분이 들 때가 있을 것이다. 사무실에 처박혀 있는 것이 아니라 밖에서 즐거운 시간을 보내기에 딱 좋은 날씨라면 더욱 그렇다. 상상해보라. 아침에 일어나 구름 한 점 없는 하늘에서 쏟아지는 눈부신 햇살을 바라보다가 출근해야 한다는 사실을 깨닫는 장면을. 온 세상 고용주들이 이 곤란한 처지에 공감하여 날씨가 좋을 때는 하루 쉬어도 된다고 허락한다면 정말 멋지지 않을까? 아이슬란드에서는 실제로 그런 일이 가능하며 그에 해당하는 단어까지 있다. 말 그대로 '태양 휴일'로 번역되는 솔라르프리다.

이 유쾌한 관습은 예측 불가능하기로 악명 높은 북극 근처의 땅, 수도 레이캬비크의 연평균 기온이 섭씨 5도밖에 되지 않는 나라에서는 실제로 말이 되는 이야기다. 따스한 햇볕이 소중한 자원이라면 아이슬란드 사람들이 그 자원을 최대한 누리려고 하는 것은 이치에 맞는 일이다.

솔라르프리는 아이슬란드인 특유의 긍정적이고 독창적인 정신을 잘 보여주는 단어다. 이들은 자국의 자연을 이해하고 존중하면서도 그러한 환경을 유리하게 이용할 줄도 아는 국민이다. 아이슬란드는 화석연료를 사용하는 비율이 낮고, 지열 에너지(지하 깊은 곳에서 끓고 있는 화산수의 열)를 활용해 건물 대부분에 난방과 온수를 공급하는 나라다.

더구나 아이슬란드의 전기는 상당 부분 재생 가능한 수력발전으로 생산된다. 자연환경과 조화를 이루는 지속 가능한 생활 방식은 아이슬란드인이 세계에서 가장 행복하고 건강한 국민으로 손꼽히는 이유 중 하나이다.

모든 사람이 직장 상사에게 솔라르프리를 시행하자고 설득할 수는 없을 것이다. 하지만 그 정신은 매일 열심히 일하는 것과 주어진 환경을 최대한 활용하는 것(점심시간에 잠깐 잔디밭에 나가서 햇볕을 쬐는 정도가 최선일지라도) 사이에서 균형을 잡는 데 큰 도움이 될 것이다.

**　　**

산책이나 사우나, 낮잠 좋아하세요?

세계 사람들이 휴식을 취하는 방법

현대 심리학의 연구에 따르면 차분하고 편안하게 휴식을 취하는 동안 느끼는 긍정적인 감정은 힘든 상황을 극복하는 탄력성을 증진하고 빠른 심장박동이나 혈압 상승 같은 만성적 스트레스 요인을 완화한다고 한다. 하지만 이것은 새로운 발견이 아니다. 동서양을 막론하고 세계의 모든 종교에서는 오래전부터 마음을 다스리고 중심을 잡는 수련법을 건전한 삶을 위한 도구로 가르쳤다.

오늘날 세계 사람들은 실로 다양한 방법으로 긴장을 해소한다. 그리스에서는 볼타βόλτα를 즐긴다. 작은 마을에서 해거름에 구불구불한 길이나 바닷가 길을 산책하는 전통적 관습(프랑스어에는 비슷한 의미의 동사 플라네flâner가 있다)을 가리키는 말이다.

북유럽에서 긴장을 푸는 가장 인기 있는 방법은 증기가 가득한 작은 방에서 몸을 상쾌하게 만드는 사우나이다. 특히 핀란드는 집집마다 사우나 시설이 있을 정도로 중요하게 여긴다.

스페인 사람들은 전통적으로 점심을 먹은 뒤 해가 가장 뜨거울 때 낮잠을 즐기는 시에스타siesta로 유명하다. 오늘날에도 스페인에서는 평일에도 이 시간대에 문을 닫고 휴식을 취하는 상점과 식당이 많다. 산책이든 땀 빼기든 짧은 낮잠이든 마음에 드는 방법을 골라보자. 어느 곳에 살든 휴식과 여가는 행복에 필수이므로 오늘도 잊지 말고 시간을 내보자.

우웨이

물 흐르듯 쉽고 자연스럽게

無為 [wuːweɪ] | 명사 | 중국어 번체(도교)

1. 힘을 들이지 않음. 자연이 순리대로 흐르도록 놓아둠

중국 철학의 개념인 우웨이는 종종 아무것도 하지 않기, 또는 애쓰지 않기 등으로 번역되는 한편 아예 번역하지 않는 편이 나은 단어로 취급되기도 한다. 실제로 우웨이란 무언가를 '하는' 것이지만 모순되게도 아무런 힘을 들이지 않고 하는 행위를 뜻한다.

우웨이는 특정 상황에서 움직이는 방식과 삶을 살아가는 방식을 모두 가리키는 말이다. 자연스럽고 조화롭게 세상을 살아가는 방식이라는 의미와 개인의 효율적 삶의 방식이라는 의미로도 쓰인다. 실력이 경지에 이른 하프 연주가가 아주 쉽게, 심지어 전혀 아무렇지 않다는 듯이 연주한다면 우웨이에 가깝다

고 할 수 있다. 물론 하프 연주는 아무나 쉽게 할 수 있는 것이 아니지만 수천 시간의 연습을 거친 연주가에게는 식은 죽 먹기다. 그러므로 우웨이의 가장 적절한 번역은 '힘들이지 않고 하는 행위'라고 할 수 있다.

이렇듯 엄청나게 미묘한 개념인데도 우웨이는 오랫동안 중국 철학에서 정신적 이상理想으로 여겨졌다. 어떻게 하면 인간이 우웨이한 삶의 방식을 깨우칠 수 있을지(또는 이것이 과연 가능한지)는 불가사의한 수수께끼다. 따라서 이 단어를 번역하기란 매우 까다롭고 심지어 무의미할 수밖에 없다.

중국 철학의 여러 학파에서는 우웨이를 고생스러운 공부와 수련을 거쳐 어렵게 얻는 것으로 설명하기도 하고, 반대로 누구나 원래 타고나는 것이라고도 한다. 하지만 어떤 식으로 우웨이를 얻든, 삶의 방식이든 아니면 개별 행위이든 기술, 자연스러움, 편안함, 즐거움의 복잡한 조합을 아우르는 말이라는 것에 대체로 동의한다. 꽤 멋지지 않은가?

우웨이한 방식으로 삶을 살아간다면, 특히 숙련을 통해 우아한 평온함을 손에 넣고 능란한 자연스러움으로 삶의 여러 상황에 대처할 수 있다면 조금 더 행복하지 않을까.

마냐나

가끔은 잠시 미뤄도 된다

MAÑANA [ma'ɲana] | 부사, 명사 | 스페인어

1. 내일

2. 미래의 정해지지 않은 시점

앞에 정관사 라la를 붙이면 '내일' 또는 '아침'의 의미가 되는 스페인어 마냐나는 '일을 미루는 기술'이라고 할 수 있다. 스페인은 문화적 다양성이 큰 나라이지만, 긍정적이면서 여유로운 철학이 담긴 이 단어에는 스페인답다고 말할 수밖에 없는 무언가가 있다. 이 나라 방방곡곡에는 마냐나가 가리키는 것처럼 근심 없이 인생을 바라보는 태도가 곳곳에 배어 있다. 스페인 사람을 초대하면 파티에 생기를 불어넣겠지만 아마 제시간에 오지는 않을 것이다.

이런 접근 방식은 확신을 품고 실천한다면(가끔 사용해야 한다) 놀라울 만큼 마음이 차분해진다. 스스로에게 물어보자. 오늘

걱정하지 않는다면, 마냐나까지 기다린다면 어떻게 될까? 즉시 마음이 편안해질 것이다.

행복의 관점으로 마냐나를 보면 시간을 완벽하게 관리하거나 통제하려는 집착을 내려놓는 데 큰 도움이 된다. 지금 당장 하지 않으면 안 되는 일은 별로 없다. 현대인들은 지금 당장 해야만 한다고 머리에 쥐가 나도록 걱정하거나 미친 듯한 속도로 계속 일한다. 하지만 언젠가 해야 할 일을 모두 끝내고 '자신을 앞지르는' 날이 올 거라고 믿었다가는 결국 영원히 자기 꼬리를 쫓으며 그게 생산적이라고 착각하는 결과로 이어질 뿐이다.

주위를 둘러보면 이런 회피 기술 전문가, 나중에 처리하면 될 일이라며 굳이 지금 당장 걱정하지 않는 사람이 한 명쯤은 있으리라. 그들은 "내일이면 문제되지 않을지도 모르는데 지금 뭐하러 안달을 해?"라는 태도로 살아간다. 잠시 이들을 본받아 오늘 하루는 걱정 한 가지쯤(아니면 두 가지쯤) 마냐나까지 미뤄 보자. 미래의 그 시점도 결국 지금이 되겠지만, 그때는 생각보다 별일 아니었음을 깨닫게 될지도 모른다.

케이프

마음까지 멈추는 시간

KEYIF [kɜːuːθ] | 명사 | 터키어

1. 여유롭고 평안하여 기분이 좋은 상태

사람들은 종종 특별한 활동을 하면서 긴장을 푸는데, 전혀 아무것도 하지 않으면서 여유를 즐기는 시간은 어떨까? 터키 사람들은 여기에 케이프라는 이름을 붙였다. 북적거리는 이스 탄불의 시민들은 이것이 건강을 유지하는 비장의 무기라고 자 랑스럽게 말한다.

케이프(그리스어 케피와 어원이 같지만, 터키 특유의 독특한 해석이 덧붙 여졌다)는 매혹부터 기쁨, 희열, 평온한 여유까지 다양한 의미를 가진다. 이스탄불에서 케이프는 대체로 조용하고 기쁨에 찬 휴 식의 미학, 완전히 몰두한 평화로운 만족감을 가리킨다. 바쁜 도시에서 케이프는 전혀 아무것도 하지 않는 것, 보스포루스

해협의 반짝이는 파도를 멍하니 바라보며 가만히 앉아 그 순간을 만끽하는 것이다.

대체로 사람들은 긴장을 풀기 위해 요가나 명상, 산책, 목욕, 독서처럼 속도를 늦추고 잠시 여가 시간을 보낼 활동을 찾는다. 심지어 적극적으로 무언가를 하지 않고 소파에 앉아 커피를 마시면서 '쉬고' 있을 때조차 지나간 일을 생각하거나 미래의 일을 고민하느라 마음은 여전히 부산하다. 터키식 케이프는 육체적으로나 정신적으로 모든 활동을 멈추고 과거나 미래에 대한 걱정도 없이 바로 지금 이곳을 즐긴다는 의미를 담고 있다.

그런 점에서 케이프는 마음 챙김과도 비슷하다. 물론 마음 챙김은 현재를 있는 그대로 자각하는 것인 반면 케이프는 순간의 즐거움을 맛보는 데 집중한다는 차이가 있다. 케이프는 바쁜 도시 생활에서도 평화롭고 고요한 순간을 소중히 여기는 방법을 보여준다.

직접 한번 해보자. 모닝커피를 손에 들고 지금 이 순간을 즐거운 마음으로 받아들이자. 고민거리를 내려놓고 그저 평화롭게 가만히 앉아 있는 것 자체의 고즈넉함을 느긋하게 음미하자. 앞으로는 매일 모닝커피를 케이프와 함께 즐기고 싶어질지도 모른다.

아르바이스글레데

일하는 즐거움

ARBEJDSGLÆDE [ɑːbaɪgskɪlɪ] | 명사 | 덴마크어
1. 자기 직업에서 느끼는 행복

지긋한 나이가 되어 은퇴하기 전에 하루 종일 한가롭게 평
온함을 즐길 만큼 운 좋은 사람은 별로 없다. 그 대신 뭘 할까?
일을 한다. 그렇다면 이 바쁜 시기에 어떻게 하면 '워크-라이
프 밸런스Work-life-Balance(워라벨)'라는 성배를 손에 넣을 것인
가? 바쁜 업무 스케줄 때문에 진정으로 일상을 즐길 시간은 저
녁 두어 시간과 주말밖에 없을까? 말 그대로 '일의 기쁨'을 뜻
하는 덴마크어 아르바이스글레데를 보면 꼭 그렇지는 않은 듯
하다.

영어에서 가장 비슷한 말을 고르라면 '직업 만족도Job
Satisfaction'쯤 되겠지만, 이 따분한 단어에서는 아르바이스글레

데의 행복한 기운이 전혀 풍기지 않는다. 아르바이스글레데는 덴마크의 놀라운 문화, 즉 덴마크인이 전 세계에서 가장 행복한 직장인 순위 상위권을 꾸준히 차지한다는 사실과 궤를 같이 한다. 복잡다단한 이유 같은 건 없다. 덴마크는 휴가가 상당히 길고 근무 시간이 합리적이어서 북미 사람들보다 1년에 평균 250시간 덜 일한다.

하지만 근무 시간이 적다는 이유만으로 직장생활에 더 만족하는 것은 아니다. 덴마크에서는 상하 관계가 느슨한 편이므로 덴마크 직장인은 자율성을 더 많이 누린다. 덴마크에서는 상사가 무언가를 하라고 말한다면 의무라기보다 제안으로 받아들인다. 상사가 거의 '절대자'와 동급인 미국과는 판이하다.

하지만 당장 짐을 싸서 북유럽으로 가는 배에 올라타기 전에 덴마크 사람들은 자기 일을 즐길 '마음의 준비'가 되어 있다는 사실에 주목해보자. 많은 사람들이 '고된' 일이야말로 가치 있다고 여기며, 돈벌이가 되는 직업은 본질적으로 궂은일이라는 의미를 내포한다. 그러다 보니 일을 즐긴다는 것은 왠지 직업의식이 부족하다는 뜻이 되어버린다. 어쩌면 아르바이스글레데를 얻기 위해 진짜로 필요한 것은 지리적인 이동이 아니라 자신의 선입견을 뒤집어 보는 것이 아닐까.

세이자쿠

도심 한가운데서 즐기는 평온

静寂 [ˌseɪˈdʒeɪkə] | 명사 | 일본어

1. 고요함

2. 일상적 행위 속에서도 문득 느껴지는 평온함

균형에 관해 생각하다 보면 '만약'이라는 가정의 함정에 빠지기 쉽다. '만약' 내가 다른 무언가를 손에 넣었다면, 다른 곳에 갔더라면, 또는 심지어 다른 사람이었다면 만족스럽고 평온했으리라고 믿는 것이다. 물론 이런 생각은 여유 있는 삶이 빠져죽는 늪과도 같다. 불편한 진실을 말하자면 사람은 환경이 그렇지 못할 때도 평온함을 찾으려고 노력해야만 한다. 그러지 않으면 고통받는 것은 결국 우리 자신뿐이다. 머나먼 미래에 고요한 설산 꼭대기가 아니라 숨 가쁜 일상에서 찾아내는 평온한 순간을 가리키는 일본어 세이자쿠가 있다.

세이자쿠는 일본의 미의식과 선불교 철학에서 와비사비^{侘寂}

를 구성하는 7개의 원칙 가운데 하나다. 원래 불교 철학에서 나온 와비사비는 덧없음을 받아들이고 불완전함의 아름다움을 인정하는 방식으로 세상을 바라보는 관점이다.

와비사비에서는 미완성, 비대칭, 소박함을 중시하는데, 세이자쿠는 그중 평온함을 나타낸다. 도쿄 같은 대도시 한가운데서도 평화로운 일본식 정원에 앉아 있을 때 느끼는 감각을 표현하는 단어이다. 인파와 소음, 오염에서 단 10분만이라도 벗어나 잉어 연못과 아기자기한 바위 정원, 쭉쭉 뻗은 대숲의 고요한 분위기에 잠긴 채 느끼는 평화로운 기분이 바로 세이자쿠다.

그러므로 세이자쿠는 '만약' 우리가 현실에서 완전히 벗어날 수 있다면 노란 벽돌길을 끝까지 걸어가서 발견하게 될 꿈의 도시 오즈 같은 것이 아니라 일상생활에서 건져내는 약간의 평온함을 가리킨다.

일을 하다가, 또는 육아나 다른 부담에서 잠시 숨을 돌려서 세이자쿠라는 말을 마음에 새기고 정신없이 바쁜 일상에서 찾을 수 있는 단비 같은 한 줌의 고요함을 한껏 즐기도록 하자.

소브레메사

느긋하게 먹고 마시는 시간

SOBREMESA [so.βɾe'me.sa] | 명사 | 스페인어

1. 식사를 마친 뒤 식탁에 둘러앉은 채 느긋하게 대화를 나누는 시간

　스페인에서는 점심을 먹는 데 많은 공을 들인다. 어느 식당을 가든 '메뉴 델 디아Menu del Dia(오늘의 메뉴)'를 알리는 간판이 있고, 여기에는 전채와 메인 요리, 디저트에 빵과 와인, 커피가 포함되는데도 대체로 가격이 싸다. 한낮의 식사(사실은 2~3시에 시작한다)를 중시하는 지중해식 관습은 두세 시간 계속되기도 하고, 저녁에 일터로 돌아가기 전까지 낮잠(시에스타)으로 이어지기도 한다. 게다가 저녁은 밤 10시나 되어야 먹게 되므로 점심에 배를 든든히 채워야 한다.

　뜨거운 오후 햇살을 제외하고 스페인의 식사가 길어지는 원인 중 하나가 소브레메사라는 개념이다. 이것은 식사가 끝난

직후 식탁에 앉은 채 소화도 시킬 겸 느긋하게 수다를 떨며 보내는 시간을 가리킨다. 카페에 선 채로 샌드위치를 욱여넣고 사무실로 급히 돌아가다 체한 적이 있는 사람에게는 상당히 매력적일 것이다.

소브레메사는 30분에서 1시간가량 이어지지만, 저녁 시간이나 여름에는 몇 시간으로 늘어나기도 한다. 이것은 즐거움과 실용성 두 가지를 모두 만족하는 시간이다. 푸짐한 점심을 먹고 몸을 너무 갑자기 움직이면 소화불량이 올 수도 있으므로 스페인 사람들은 편안한 대화와 웃음을 나눈다.

길게 이어지는 지중해식 식사는 영국이나 북미의 효율적인 30분짜리 점심, 그것도 자리에 앉은 채 랩에 싼 간식거리를 우

물거리는 식사와는 전혀 다르다. 심지어 저녁에도 만찬을 즐긴 뒤 담소를 나누는 것은 고사하고 상을 차리기도 귀찮아서 텔레비전을 보며 무릎에 얹은 음식으로 대충 때우는 사람들도 적지 않다.

인생의 스트레스를 해소하기 위해 심신을 다스리는 활동을 찾는 사람들이 늘어나고 있다. 하지만 좀 더 정성스럽게 만든 식사로 일상의 구석구석에 그런 여유를 채워 넣는 것보다 더 좋은 방법이 있을까? 점심이나 저녁을 먹은 뒤 소브레메사의 정신을 떠올려 친구나 가족과 식탁에 둘러앉아 얘기를 나눠보자. 그렇게 서둘러서 접시를 치우거나 계산을 해야만 할 이유가 도대체 뭐란 말인가?

초초그
딱 어우러져서 좋은

COCOG [tsoo.tsoog] | 명사, 형용사 | 자바어

1. 조화를 이룸
2. 부부가 됨
3. 알맞은

인도네시아 자바섬 주민 6천만 명가량이 사용하는 자바어를 보면 균형과 조화가 무척 중요하게 다뤄진다는 것을 알 수 있다. 전통적으로 자연은 물론 주변 사람들과 잘 어우러져 살아가는 자바 사람들은 조화를 중요시한다. 이러한 자세는 초초그(cocok나 tjotjog로 쓰기도 한다)라는 단어에 잘 담겨 있다. 무언가 '딱 알맞아서' 완벽히 어우러지는 것을 초초그라고 하며, 상황이 초초그하면 모두가 행복하다. 이 단어는 음식이 맛있거나 약이 잘 듣는 등 만족스러운 상황에서 두루 쓰인다.

결혼이야말로 초초그가 특히 중요한 영역이라는 데는 고개를 끄덕일 것이다. 다시 말하자면 두 배우자는 서로 궁합이 맞

아야 한다. 이를 확인하기 위해 자바의 예비 신부들은 전통적으로 조상의 무덤을 찾아 결혼을 축복해달라고 기원한다(초초그하지 않은 부부는 이혼할 가능성이 크다).

실제로 자바 문화에서는 모든 종류의 초초그한 상호작용이 중시되며 사람 사이의 갈등은 어떻게든 피해야 할 일이다. 이 평화로운 조화는 자바 문화의 핵심이기에 아직 초초그의 정신으로 상냥하게 행동할 줄 모르는 어린아이는 종종 두룽 자와durung jawa, 즉 '아직 자바인이 아닌'이라고 불린다.

자바인들만큼 어울림을 마음 깊이 받아들일 수는 없겠지만 매일 조금 더 조화를 염두에 두고 살아가는 것은 어떨까. 이 또한 행복을 위한 철학으로 손색없는 개념이다. 이를테면 조금 더 초초그한 직장이나 직업을 찾아볼 수도 있다. 더 초초그한 우정을 추구하는 것도 좋다. 다음에 집을 칠할 페인트 색깔을 고를 때 "형광 초록색이 정말 우리 집에 초초그할까?"라고 자문할 수도 있다. 이렇게 어울림을 중시하는 마음가짐으로 살아가는 것이 바로 진정으로 행복한 삶일 것이다.

그 후로도 오랫동안

이 책은 일종의 보물찾기였다. 전 세계를 돌며 어디 출신이든, 어떤 환경에서 어떻게 자랐든, 무엇을 믿고 어떤 삶의 방식으로 살아왔든 상관없이 행복하게 산다는 것이 어떤 의미인지에 관한 이야기를 함께 짜 맞췄다.

행복에 관한 단어들로 자아낸 이야기에는 우리를 더 행복하게 하는 놀라운 힘이 있다. 인간의 삶은 복잡하고 혼란스럽다. 그것을 이해하는 유일한 길은 단어로 이야기를 엮어 다른 사람과 나 자신에게 들려주는 방법밖에 없다. 삶에 풍파가 찾아왔을 때조차도 이야기라는 연금술을 통해 자신만의 행복한 결말을 엮어낼 수 있기 때문이다.

여느 이야기와 마찬가지로 우리 이야기에도 끝이 있다. 유카타스트로피eucatastrophe의 순간이 찾아온 것이다. 흔히 볼 수 없는 이 영어 단어는 이야기가 지닌 특수한 초능력, 행복한 결말을 제공하는 힘을 가리킨다. 다시 말해 유카타스트로피는 이야기 속에서 일련의 사건이 신속하고 긍정적인 방식으로 해소되는 것을 뜻하며, 일반적으로는 해피엔딩, 즉 행복한 결말이라고 불린다. 이 단어는 최고의 이야기꾼 톨킨J. R. R. Tolkien이 그리스어 에우eu('좋은' 또는 '잘')와 카타스트로페katastrophē('전복' 또는 '급격한 전환')를 합쳐서 만들었다고 한다.

유카타스트로피는 단어가 우리 세상을 빚어내는 방식을 보여주는 한 가지 예일 뿐이다. 단어는 행복을 찾는 위대한 여정에서 조그만 나침반처럼 우리를 이끌고 위로한다. 이 책에서 소개하는 행복을 부르는 단어들이 각자의 행복 이야기를 적어 내려갈 때 상상의 나래를 활짝 펼치도록, 더 행복한 세상 이야기에서 당신이 맡은 대사를 잊지 않도록 작은 도움이 되길 바란다.

감사의 말

우선 기막힌 아이디어를 책으로 써보라고 권해준 필리파 윌킨슨Philippa Wilkinson과 그 일이 성사되게 해준 나의 에이전트 제인 그레이엄 모Jane Graham Maw에게 감사의 말을 전합니다. 불가결하고 다양한 문화적 통찰을 제시해준 콰트로 출판사 여러분, 더없이 멋진 그림을 그려준 엘레나에게도 감사드립니다.

너그러운 친구이자 언어학 전문가이며 까다로운 단어의 발음 문제를 해결해준 로렌 거틴Lauren Gurteen에게 특별히 감사를 표합니다. 타밀어 파삼을 추천해주고 그 단어를 설명하는 글을 검토해준 라메시 시바라자Ramesh Sivarajah에게도 감사드립니다. 이 책을 쓰는 동안 부에노스아이레스에서 묵게 해주고,

2010년부터 멋지고도 복잡한 트리니다드 토바고의 문화를 소개해주어 우리가 가장 좋아하는 여가 활동인 라임을 이 책에 넣을 수 있게 해준 캐슬린 톰프셋Kathleen Tompsett에게 감사합니다.

이 책에 이눅티툿 언어를 넣을 수 있도록 유용한 조언을 제공한 까우지기아르티트Qaujigiartiit 보건 연구 센터의 그웬 힐리Gwen Healey에게 감사의 말을 표하며 그 단어들을 제대로 담아냈기를 바랍니다. 우기-워드간에 관해 이메일을 보내준 바버라 앨리스 만Barbara Alice Mann에게 감사드립니다. 당신의 도움이 없었다면 절대 정확한 발음을 알아내지 못했을 것입니다. 이 중요한 분야에서 계속 정진한 팀 로마스에게 감사를 표합니다. '행복한 단어 프로젝트'에 관한 당신의 시기적절한 연구는 우리에게 더없이 귀중한 자료가 되었습니다.

무엇을 하든 나를 응원해준 가족에게 변함없는 감사의 말을 전합니다. 특히 부모님, 션과 탐신 헤이즈는 이 책의 대부분을 집필할 수 있는 공간으로 작은 바닷가 별장을 내주었습니다. 나는 그곳에서 끝없는 영감과 꼭 필요한 자연과의 교감을 얻을 수 있었습니다.

마지막으로 이 책에 관해 이야기를 나누고, 아이디어를 제안하고, 멋진 단어들로 행복이라는 그림을 그리려고 애쓰는 내

말을 끝까지 들어준 모든 사람들에게 감사드립니다. 너무 많아서 여기에 다 적을 수는 없지만, 내 이야기에 귀를 기울여준 사람들은 알 것이라 믿습니다.

행복을 부르는 지구 언어

초판 1쇄 인쇄 2021년 3월 26일
초판 2쇄 발행 2022년 10월 14일

지은이 메건 헤이즈
옮긴이 최다인
펴낸이 이범상
펴낸곳 (주)비전비앤피 · 애플북스

기획 편집 이경원 차재호 김승희 김연희 고연경 최유진 김태은 박승연
디자인 최원영 한우리 이설
마케팅 이성호 이병준
전자책 김성화 김희정
관리 이다정

주소 우)04034 서울시 마포구 잔다리로7길 12 (서교동)
전화 02)338-2411 | **팩스** 02)338-2413
홈페이지 www.visionbp.co.kr
인스타그램 www.instagram.com/visionbnp
포스트 post.naver.com/visioncorea
이메일 visioncorea@naver.com
원고투고 editor@visionbp.co.kr

등록번호 제313-2007-000012호

ISBN 979-11-90147-57-6　03300

도서에 대한 소식과 콘텐츠를
받아보고 싶으신가요?